好讀出版

林徽因短篇小說集

〈你是人間的四月天〉詩人

林徽因／著

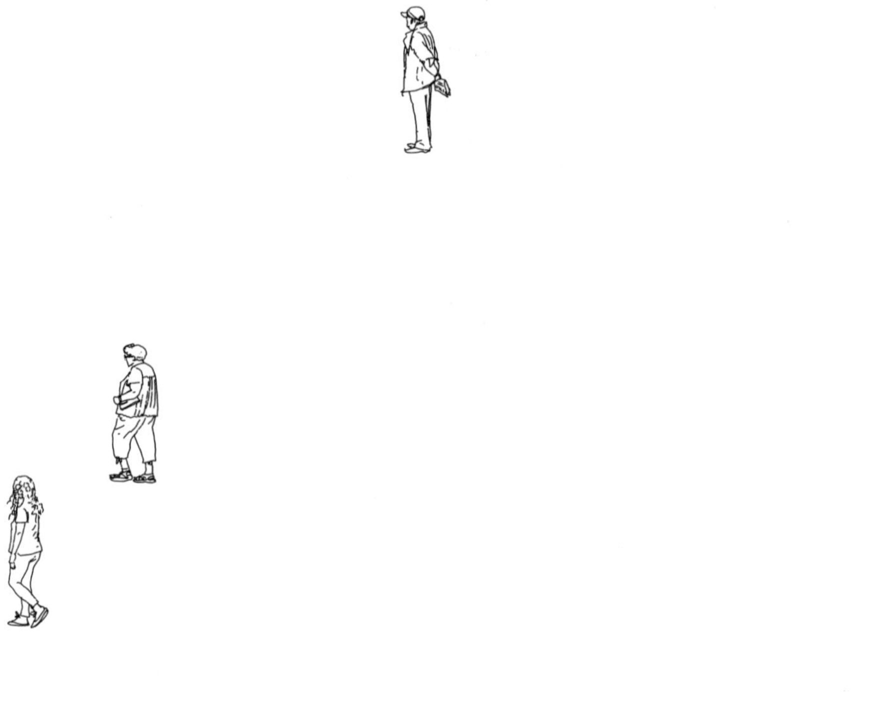

:: 目錄 ::

窘

暑假中眞是無聊到極點，維杉幾乎急著學校開課，他自然不是特別好教書的——平日他還很討厭教授的生活——，不過暑假裏無聊到沒有辦法，他不得不想到做事是可以解悶的。拿做事當作消遣也許是墮落。中年人特有的墮落。「但是，」維杉狠命地劃一下火柴，「中年了又怎樣？」他又點上他的菸捲連抽了幾口。朋友到暑假裏，好不容易找，都跑了，回南的不少，幾個年輕的，不用說，更是忙得可以。當然脫不了爲女性著忙，有的遠趕到北戴河去。只剩下少朗和老晉幾個永遠不動的金剛，那又是因爲他們有很好的房子有太太有孩子，眞正過老牌子的中年生活，誰都不像他維杉的四不像的落魄！

維杉已經坐在少朗的書房裏有一點多鐘了，說著閒話，雖然他吃菸的時候比說話的多。難得少朗還是一味的活潑，他們中間隔著十年倒是一件不很顯著的事，雖則少朗早就做過他的四十歲整壽，他的大孩子去年已進了大學。這也是舊式家庭的好處，維杉呆呆地靠在矮榻上想，眼睛望著竹簾外大院子。一缸蓮花和幾盆很大的石榴樹，夾竹桃，叫他對著北京這特有的味道賞玩。他喜歡北京，尤其是北京的房子院子。有人說北京房子傻透了，盡是一律的四合頭[1]，這說話的夠多沒有意思，他哪裏懂得那均衡即對稱的莊嚴？北京派的擺花也是別有味道，連下人對盆花也是特別地珍惜，你看哪一個大宅子的馬號[2]院

1 四合頭：即四合院、四合房。

2 馬號：位於四合院的大門與第二道門（垂花門）之間，這是一處被稱為「外宅」的狹長空間，招呼客人的客廳、佣人房、門房以及馬號都位在此處；垂花門內則為「內宅」，裏頭為四合院主人一家人的起居臥室等生活空間。

裏，或是門房前邊，沒有幾盆花在磚頭疊的座子上整齊地放著？想到馬號維杉有些不自在了，他可以想像到他的洋車在日影底下停著，車夫坐在腳板上歪著腦袋睡覺，無條件地在等候他的主人，而他的主人……

無聊眞是到了極點。他想立起身來走，卻又看著毒火般的太陽膽怯。他聽到少朗在書桌前面說：「昨天我親戚家送來幾個好西瓜，今天該冰得可以了。你吃點吧？」

他想回答說：「不，我還有點事，就要走了。」卻不知不覺地立起身來說：「少朗，這夏天我眞感覺沉悶，無聊！委實說這暑假好不容易過。」

少朗遞過來一盒菸，自己把菸斗銜到嘴裏，一手在桌上抓摸洋火。他對維杉看了一眼，似笑非笑地皺了一皺眉頭——少朗的眉頭是永遠有文章的。維杉不覺又有一點不自在，他的事情，雖然是好幾年前的事情，少朗知道得最清楚——也許太清楚了。

「你不吃西瓜麼?」維杉想拿話岔開。

少朗不響,吃了兩口菸,一邊站起來按電鈴,一邊輕輕地說:「難道你還沒有忘掉?」

「笑話!」維杉急了,「誰的記性抵得住時間?」

少朗的眉頭又皺了一皺,他信不信維杉的話很難說。他囑咐進來的陳升到東院和太太要西瓜,他又說:「索性請少爺們和小姐出來一塊兒吃。」少朗對於家庭是絕對的舊派,和朋友們一處時很少請太太出來的。

「孩子們放暑假,出去旅行後,都回來了,你還沒有看見吧?」

從玻璃窗,維杉望到外邊,從石榴和夾竹桃中間跳著走來兩個身材很高,活潑潑的青年和一個穿著白色短裙的女孩子。

「少朗,那是你的孩子長得這麼大了?」

「不,那個高的是孫家的孩子,比我的大兩歲,他們是好朋友,這暑假他就住在我們家裏。你還記得孫石年不？這就是他的孩子，好聰明的！」

「少朗，你們要都讓你們的孩子這樣的長大，我，我覺得簡直老了！」

竹簾子一響，旋風般地，三個活龍似的孩子已經站在維杉跟前。維杉和小孩子們周旋，還是維杉有些不自在，他很彆扭地拿著長輩的樣子問了幾句話。起先孩子們還很規矩，過後他們只是亂笑，那又有什麼辦法？天眞爛漫的青年知道什麼？

少朗的女兒，維杉三年前看見過一次，那時候她只是十三四歲光景，張著一雙大眼睛，轉著黑眼珠，玩他的照相機。這次她比較靦腆地站在一邊，拿起一把刀替他們切西瓜。維杉注意到她那隻放在西瓜上邊的手。

她在喊「小篁哥」。她說：「你要切，我可以給你這一半。」小嘴抿著微笑，她又說：「可要看誰切得別致，要式樣好！」她更笑得厲害一點。

維杉看她比從前雖然高了許多，臉樣卻還是差不多那麼圓滿，除卻一個小尖的下頦。笑的時候她的確比不笑的時候大人氣一點，這也許是她那排小牙很有點少女的丰神的緣故。她的眼睛還是完全的孩子氣，閃亮，閃亮的，說不出還是靈敏，還是秀媚。維杉呆呆地想：一個女孩子在成人的邊沿眞像一個緋紅的剛成熟的桃子。

孫家的孩子毫不客氣地過來催她說：「你哪裏懂得切西瓜，讓我來吧！」

「對了，芝妹，讓他吧，你切不好的！」她哥哥也催著她。

「爹爹，他們又打夥著來麻煩我。」她柔和地喚她爹。

「眞丟臉，現時的女孩子還要爹爹保護麼？」他們父子倆對看著笑了一笑，他拉著他的女兒過來坐下問維杉說：「你看她還是進國內的大學好，還是送出洋進外國的大學好？」

「什麼？這麼小就預備進大學？」

「還有兩年，」芝先答應出來，「其實只是一年半，因爲我年假裏便可以完，要是爹讓我出洋，我春天就走都可以的，爹爹說是不是？」她望著她的爹。

「小鳥長大了翅膀，就想飛！」

「不，爹，那是大鳥把他們推出巢去學飛！」他們父子倆又交換了一個微笑。這次她爹輕輕地撫著她的手背，她把臉湊在她爹的肩邊。

兩個孩子在小桌子上切了一會西瓜，小孫頂著盤子走到芝前邊屈下一膝，頑皮地笑著說：「這西夏進貢的瓜，請公主娘娘嘗一塊！」

她笑了起來拈了一塊又向她爹說：「爹看他們夠多皮？」

「萬歲爺，您的御口也嘗一塊！」

「沅，不先請客人，豈有此理！」少朗拿出父親樣子來。

「這位外邦的貴客，失敬了！」沅遞了一塊過來給維杉，又張羅著碟子。

維杉又覺著不自在——不自然！說老了他不算老，也實在不老。可是年輕？他也不能算是年輕，尤其是遇著這群小夥子。眞是沒有辦法！他不知爲什麼覺得窘極了。

此後他們說些什麼他不記得，他自己只是和少朗談了一些小孩子在國外進大學的問題。他好像比較贊成國外大學，雖然他也提出了一大堆缺點和弊病，他嫌國內學生的生活太枯乾，不健康，太窄，太老……

「自然，」他說：「成人以後看外國比較有尺寸，不過我們並不是送好些小學生出去，替國家做檢查員的。我們只要我們的孩子得著我們自己給不了他們的東西。既然承認我們有給不了他們的一些東西，還不如早些送他們出去自由地享用他們年輕人應得的權利——活潑的生活。奇怪，眞的連這一點子我們常常都給不了他們，不要講別的了。」

「我們」和「他們」！維杉好像在他們中間劃出一條界線，分明地分成兩組，把他自己分在前輩的一邊。他羨慕有許多人只是一味的老成，或是年輕，他雖然分了界線卻仍覺得四不像——窘，對了，眞窘！

芝看著他，好像在吸收他的議論，他又不自在到萬分，拿起帽子告訴少朗他一定得走了：「有一點事情要趕著做。」他又聽到少朗說什麼：「眞可惜；不然倒可以一同吃晚飯的。」他覺著自己好笑，嘴裏卻說：「不行，少朗，我眞的有事非走不可了。」一邊慢慢地踱出院子來。

兩個孩子推著挽著芝跟了出來送客。到維杉邁上了洋車後他回頭看大門口那三個活龍般年輕的孩子站在門檻上笑，尤其是她，略歪著頭笑，露著那一排小牙。

又過了兩三天的下午，維杉又到少朗那裏閒聊，那時已經差不多七點多鐘，太陽已經下去了好一會兒，只留下滿天的斑斑的紅霞。他剛到門口已經聽到院子裏的笑聲。他跨進西院的月門，只看到小孫和芝在爭著拉天棚[3]。

「你沒有勁兒，」小孫說，「我幫你的忙。」他將他的手罩在芝的上邊，兩人一同狠命地拉。聽到維杉的聲音，小孫放開手，芝也停住了繩子不拉，只是笑。

維杉一時感著一陣高興，他往前走了幾步對芝說：「來，讓我也拉一下。」他剛到芝的旁邊，忽然吱啞一聲，雨一般的水點從他們頭上噴灑下來，冰涼的水點驟澆到背上，嚇了他們一跳，芝撒開手，天棚繩子從她手心溜了出去！原來小沅站在水缸邊玩抽水唧筒，第一下便射到他們的頭上。這下子大家都笑，笑得厲害。芝站著不住地搖她髮上的水。維杉躊躇了一下，從袋裏掏出他的大手絹輕輕地替她揩髮上的水。她兩頰緋紅了卻沒有躲走，低著頭盡

3天棚：指夏天用的涼棚。立夏前後，四合院人家為了遮陽納涼，會僱請人在中間庭院鋪上高過屋頂的蘆蓆天棚，蘆蓆正中央設有長方形開口，可透過小線繩機動性舒展或捲起，以透氣通風或避雨，秋天即撤，留下棚架，來年再鋪新蓆。

看她擦破的掌心。維杉看到她肩上溼了一小片，暈紅的肉色從溼的軟白紗裏透露出來，他停住手不敢也拿手絹擦，只問她的手怎樣了，破了沒有。她背過手去說：「沒有什麼！」就溜地跑了。

少朗看他進了書房，放下他的菸斗站起來，他說維杉來得正好，他約了幾個人吃晚飯。叔謙已經在屋內，還有老晉，維杉知道他們免不了要打牌的，他笑說：「拿我來湊腳，我不來。」

「那倒用不著你，一會兒夢清和小劉都要來的，我們還多了人呢。」少朗得意地吃一口菸，疊起他的稿子。

「他只該和小孩子們耍去。」叔謙微微一笑，他剛才在窗口或者看到了他們拉天棚的情景。維杉不好意思了。可是又自覺得不好意思得毫無道理，他不是拿出老叔的牌子麼？可是不相干，他還是不自在。

「少朗的大少爺皮著呢，澆了老叔一頭的水！」他笑著告訴老晉。

「可不許你把人家的孩子帶壞了。」老晉也帶點取笑他的意思。

維杉惱了，惱什麼他不知道，說不出所以然。他不高興起來，他想走，他懊悔他來的，可是他又不能就走。他悶悶地坐下，那種說不出的窘又侵上心來。他接連抽了好幾根菸，也不知都說了一些什麼話。

晚飯時候孩子們和太太並沒有加入，少朗的老派頭。老晉和少朗的太太很熟，飯後同了維杉來到東院看她。她們已吃過飯，大家圍住圓桌坐著玩。

少朗太太雖然已經是中年的婦人，卻是樣子非常的年輕，又很清雅。她坐在孩子旁邊倒像是姊弟。小孫在用肥皂刻一副象棋——他爹是學過雕刻的——，芝低著頭用尺畫棋盤的方格，一隻手按住尺，支著細長的手指，右手整齊地用鋼筆描。在低垂著的細髮底下，維杉看到她抿緊的小嘴，和那微尖的下頦。

「杉叔別走，等我們做完了棋盤和棋子，同杉叔下一盤棋，好不好？」沅問他。「平下，誰也不讓誰。」他更高興著說。

「那倒好，我們辛苦做好了棋盤棋子，你請客！」芝一邊說她的哥哥，一邊又看一看小孫。

「所以他要學政治。」小孫笑著說。好厲害的小嘴！維杉不覺看他一眼，小孫一頭微鬈的黑髮讓手抓得蓬蓬的。兩個伶俐的眼珠老帶些頑皮的笑。瘦削的臉卻很健碩白皙。他的兩隻手眞有性格，並且是意外的靈動，維杉就喜歡觀察人家的手。他看小孫的手抓緊了一把小刀，敏捷地在刻他的棋子，旁邊放著兩碟顏色，每刻完了一個棋子，他在字上從容地描入綠色或是紅色。維杉覺得他很可愛，便放一隻手在他肩上說：「眞是一個小美術家！」

剛說完，維杉看見芝在對面很高興地微微一笑。

少朗太太問老晉家裏的孩子怎樣了，又殷勤地搬出果子來大家吃。她說她本來早要去看晉嫂的，只是暑假中孩子們在家她走不開。

「你看，」她指著小孩子們說：「這一大桌子，我整天地忙著替他們當差。」

「好，我們幫忙的倒不算了，」芝抬起頭來笑，又露著那排小牙。「晉叔，今天你們吃的餃子還是孫家篁哥幫著包的呢！」

「是麼？」老晉看一看她，又看了小孫，「怪不得，我說那味道怪頑皮的！」

「那紅燒雞裏的醬油還是『公主娘』御手親自下的呢。」小孫嚷著說。

「是麼？」老晉看一看維杉，「怪不得你杉叔跪接著那塊雞，差點沒有磕頭！」

維杉又有點不痛快，也不是眞惱，也不是急，只是覺得窘極了。「你這晉叔的學位，」他說：「就是這張嘴換來的。聽說他和晉嬸嬸結婚的那一天演說了五個鐘頭，等到新娘子和儐相站在臺上委實站不直了，他纔對客人一鞠躬說：『今天只有這幾句極簡單的話來謝謝大家來賓的好意！』」

小孩們和少朗太太全聽笑了，少朗太太說：「夠了，夠了，這些孩子還不夠皮的，你們兩位還要教他們？」

芝笑得仰不起頭來，小孫瞟她一眼，哼一聲說：「這才叫做女孩子。」她臉脹紅了瞪著小孫看。

棋盤，棋子全畫好了。老晉要回去打牌，孩子們拉著維杉不放，他只得留下，老晉笑了出去。維杉只裝沒有看見。小孫和芝站起來到門邊臉盆裏爭著洗手，維杉聽到芝說：

「好痛，剛才繩子擦破了手心。」

小孫說：「你別用胰子就好了。來，我看看。」他拿著她的手仔細看了半天，他們兩人拉著一塊手巾一同擦手，又吃吃咕咕地說笑。

維杉覺得無心下棋，卻不得不下。他們三個人戰他一個。起先他懶洋洋地沒有注意，過一刻他眞有些應接不暇了。不知爲什麼他卻覺著他不該輸的，他不願意輸！說起眞好笑，可是他的確感著要占勝，孩子不孩子他不管！芝的眼睛鎭住看他的棋，好像和弱者表同情似的，他眞急了。他野蠻起來了，他居然進攻對方的弱點了，他調用他很有點神氣的馬了，他走卒了，棋勢緊張起來，兩邊將帥都不能安居在當中了。孩子們的車守住他大帥的腦門頂上，吃力的當然是維杉的棋！沒有辦法。三個活龍似的孩子，六個玲瓏的眼睛，維杉又有什麼法子！他輸了輸了，不過大帥還眞死得英雄，對方的危勢也只差一兩子便要命的！但是事實上他仍然是輸了。下完了以後，他覺得熱，出了些汗，他又拿出手絹來剛要指他的腦門，忽然他呆呆地看著芝的細鬆的頭髮。

「還不快給杉叔倒茶。」少朗太太喊她的女兒。

4胰子：指肥皂，以豬的胰臟製作而成，可以除垢，故也稱「胰皂」。

芝轉身到茶桌上倒了一杯，兩隻手捧著，端過來。維杉不知爲什麼又覺得窘極了。

孩子們約他清早裏逛北海，目的當然是搖船。他去了，雖然好幾次他想設法推辭不去的。他穿他的白嗬蘭褲子葛布上衣，拿了他草帽微覺得可笑，他近來永遠地覺得自己好笑，這種橫生的幽默，他自己也不瞭解的。他一逕走到北海的門口還想著要回頭的。站崗的巡警向他看了一眼，奇怪，有時你走路時忽然望到巡警的冷靜的眼光，眞會使你怔一下，你要自問你都做了些什麼事，準知道沒有一件是違法的麼？他買到票走進去，猛抬頭看到那橋前的牌樓。牌樓，白石橋，垂柳，都在注視他——他不痛快極了，挺起腰來健步走到旁邊小路上，表示不耐煩。不耐煩的臉本來與他最相宜的，他一失掉了「不耐煩」的神情，他便好像丟掉了好朋友，心裏便不自在。懂得吧？他繞到後邊，隔岸看一看白塔，它是自在得很，永遠帶些不耐煩的臉站著——還是坐著？——它不懂得什麼年輕，老。這一些無聊的日月，它只是站著不動，腳底下自有湖水，亭榭松柏，楊柳，人——老的小的——忙著他們更換的糾紛！

他奇怪他自己爲什麼到北海來，不，他也不是懊悔，清早裏松蔭底下發著涼香，誰懊悔到這裏來？他感著像青草般在接受露水的滋潤，他居然感著舒快。奢侈的金黃色的太陽橫著射過他的輝焰，湖水像錦，蓮花蓮葉並著肩挨擠成一片，像在爭著朝覲這早上的雲天！這富足，這綺麗的天然，誰敢不耐煩？維杉到五龍亭邊坐下掏出他的菸捲，低著頭想要仔細地，細想一些事，去年的，或許前年的，好多年的事——今早他又像回到許多年前去——，可是他總想不出一個所以然來。「本來是，又何必想？要活著就別想！這又是誰說過的話……」

忽然他看到芝一個人向他這邊走來。她穿著蔥綠的衣裳，裙子很短，隨著她跳躍的腳步飄動，手裏玩著一把未開的小紙傘。頭髮在陽光裏，微帶些紅銅色，那倒是很特別的。她看到維杉笑了一笑，輕輕地跑了幾步湊上來，喘著說：「他們租船去了。可是一個不夠，我們還要僱一隻。」維杉丟下菸，不知不覺地拉著她的手說：

「好，我們去僱一隻，找他們去。」

她笑著讓他拉著她的手。他們一起走了一些路，才找著租船的人。維杉看她赤著兩隻健秀的腿，只穿一雙統子極短的襪子，和一雙白布的運動鞋；微紅的肉色和蔥綠的衣裳叫他想起他心愛的一張新派作家的畫。他想他可惜不會畫，不然，他一定知道怎樣的畫她——微紅的頭髮，小尖下頦，綠的衣服，紅色的腿，兩隻手，他知道，一定知道怎樣的配置。他想像到這張畫掛在展覽會裏，他想像到這張畫登在月報上，他笑了。

她走路好像是有彈性地奔騰。龍，小龍！她走得極快，他幾乎要追著她。

他們僱好船跳下去，船人一竹篙把船撐離了岸，他脫下衣裳捲起衫袖，他好高興！她說她要先搖，他不肯，他點上菸含在嘴裏叫她坐在對面。她忽然又靦腆起來低著頭裝著看蓮花半晌沒有說話，他的心像被蜂螫了一下，又覺得一陣窘，懊悔他出來。他想說話，卻找不出一句話說，他盡搖著船也不知過了多少時候她才抬起頭來問他說：

「杉叔，美國到底好不好？」

「那得看你自己。」他覺得他自己的聲音粗暴，他後悔他這樣尖刻地回答她誠懇的問話。他更窘了。

她並沒有不高興，她說：「我總想出去了再說。反正不喜歡我就走。」這一句話本來很平淡，維杉卻覺得這孩子爽快得可愛，他誇她說：「好孩子，這樣有決斷才好。對了，別錯認學位做學問就好了，你預備學什麼呢？」

她臉紅了半天說：「我還沒有決定呢……爹要我先進普通文科再說……我

本來是要想學……」她不敢說下去。

「你要學什麼壞本領，值得這麼膽怯！」

她的臉更紅了，同時也大笑起來，在水面上聽到女孩子的笑聲，眞有說不出的滋味，維杉對著她看，心裏又好像高興起來。

「不能宣布麼？」他又逗著追問。

「我想，我想學美術──畫……我知道學畫不該到美國去的，並且……你還得有天才，不過……」

「你用不著學美術的，更不必學畫。」維杉禁不住這樣說笑。

「爲什麼？」她眼睛睜得很大。

「因爲，」維杉這回覺得有點不好意思了，他低聲說：「因爲你的本身便是美術，你此刻便是一張畫。」他不好意思極了，爲什麼人不能夠對著太年輕的女孩子說這種恭維的話？你一說出口，便要感著你自己的蠢，你一定要後悔的。她此刻的眼睛看著維杉，叫他又感著窘到極點了。她的嘴角微微地斜上去，不是笑，好像是鄙薄他這種的恭維她——沒法子，話已經說出來了，你還能收回去？窘，誰叫他自己找事！

兩個孩子已經將船攏來，到他們一處，高興地嚷著要賽船。小孫立在船上高高的細長身子穿著白色的衣裳在荷葉叢前邊格外明顯。他兩隻手叉在腦後，眼睛看著天，嘴裏吹唱一些調子。他又伸隻手到葉叢裏摘下一朵荷花。

「接，快接！」他輕輕擲到芝的面前：「怎麼了，大清早裏睡著了？」

她只是看著小孫笑。

「怎樣，你要在哪一邊，快揀定了，我們便要賽船了。」

維杉很老實地問芝，她沒有回答。她哥哥替她決定了，說：「別換了，就這樣吧。」

賽船開始了，荷葉太密，有時兩個船幾乎碰上，在這種時候芝便笑得高興極了，維杉搖船是老手，可是北海的水有地方很淺，有時不容易發展，可是他不願意再在孩子們面前丟醜，他決定要勝過他們，所以他很加小心和力量。芝看到後面船漸漸要趕上時她便催他趕快，他也愈努力了。

太陽積漸熱起來，維杉們的船已經比沅的遠了很多，他們承認輸了，預備回去，芝說杉叔一定乏了，該讓她搖回去，他答應了她。

他將船板取開躺在船底，仰著看天。芝將她的傘借他遮著太陽，自己把荷葉包在頭上搖船。維杉躺著看雲，看荷花梗，看水，看岸上的亭子，把一隻手丟在水裏讓柔潤的水浪洗著。他讓芝慢慢地搖他回去，有時候他張開眼看她，有時候他簡直閉上眼睛，他不知道他是快活還是苦痛。

少朗的孩子是老實人，渾厚得很卻不笨，聽說在學校裏功課是極好的。走出北海時，他跟維杉一排走路和他說了好些話。他說他願意在大學裏畢業了才出去進研究院的。他說，可是他爹想後年送妹妹出去進大學；那樣子他要是同走，大學裏還差一年，很可惜，如果不走，妹妹又不肯白白地等他一年。當然他說小孫比他先一年完，正好可以和妹妹同走。不過他們三個老是在一起慣了，如果他們兩人走了，他一個人留在國內一定要感著悶極了，他說，「炒雞子」這事簡直是「糟糕一厤絲[5]」。

他又講小孫怎樣的聰明，運動也好，撐竿跳的式樣「簡直是太好」，還有游水他也好，「不用說，他簡直什麼都幹！」他又說小孫本來在足球隊裏的，可是這次和天津比賽時，他不肯練。「你猜爲什麼？」他問維杉，「都是因爲學校蓋個噴水池，他整天守著石工看他們刻魚！」

「他預備也學雕刻麼？他爹我認得，從前也學過雕刻的。」維杉問他。

5「一厤絲」即為日文的助動詞「います」，意為「正在進行某動作」，若在名詞後，則意即「有」，此處應是開玩笑或輕鬆的語氣，與日文用法無涉。

「那我不知道，小孫的文學好，他寫了許多很好的詩，——爹爹也說很好的，」沅加上這一句證明小孫的詩的好是可靠的。「不過，他亂得很，稿子不是撕了便是丟了的。」他又說他怎樣有時替他撿起抄了寄給《校刊》。總而言之沅是小孫的「英雄崇拜者」。

沅說到他的妹妹，他說他妹妹很聰明，她不像尋常的女孩那麼「討厭」，這裏他臉紅了，他說：「彆扭得討厭，杉叔知道吧？」他又說他班上有兩個女學生，對於這個他表示非常的不高興。

維杉聽到這一大篇談話，知道簡單點講，他維杉自己，和他們中間至少有一道溝——並不是什麼了不得的間隔——，只是一個年齡的深溝，橋是搭得過去的，不過深溝仍然是深溝，你搭多少條橋，溝是仍然不會消滅的。他問沅幾歲，沅說：「整整的快十九了，」他妹妹雖然是十七，「其實只滿十六年。」維杉不知爲什麼又感著一陣不舒服，他回頭看小孫和芝並肩走著，高興地說笑。「十六，十七。」維杉嘴裏哼哼著。究竟說三十四不算什麼老，可是那就已經是十七的一倍了。誰又願意比人家歲數大出一倍，老實說！

維杉到家時並不想吃飯，只是連抽了幾根菸。

過了一星期，維杉到少朗家裏來。門房裏陳升走出來說：「老爺到對過張家借打電話去，過會子才能回來。家裏電話壞了兩天，電話局還不派人來修理。」陳升是個打電話專家，有多少曲折的傳話，經過他的嘴，就能一字不漏地溜進電話筒。那也是一種藝術。他的方法聽著很簡單，運用起來的玄妙你就想不到。哪一次維杉走到少朗家裏不聽到陳升在過廳裏向著電話：「喂，喂，外，我說，我說呀！」維杉向陳升一笑，他眞不能替陳升想像到沒有電話時的煩悶。

「好，陳升，我自己到書房裏等他，不用你了。」維杉一個人踱過那靜悄悄的西院，金魚缸，蓮花，石榴，他愛這院子，還有隔牆的棗樹，海棠。他掀開竹簾走進書房。迎著他眼的是一排豐滿的書架。壁上掛的朱拓的黃批[6]，和屋子當中的一大盆白玉蘭，幽香充滿了整間屋子。維杉很羨慕少朗的生活。夏天裏，你走進一個搭著天棚的一個清涼大院子，靜雅的三間又大又寬的北屋，屋裏滿是琳琅的書籍，幾件難得的古董，再加上兩三盆珍罕的好花，你就不能不豔羨那主人的清福！

維杉走到套間小書齋裏，想寫兩封信，他忽然看到芝一個人伏在書桌上。他奇怪極了，輕輕地走上前去。

「怎麼了？不舒服麼，還是睡著了？」

「嚇我一跳！我以爲是哥哥回來了……」芝不好意思極了。

維杉看到她哭紅了的眼睛。維杉起先不敢問，心裏感得不過意，後來他伸一隻手輕撫著她的頭說：「好孩子，怎麼了？」

她的眼淚更撲簌簌地掉到裙子上，她拈了一塊——眞是不到四寸見方——淡黃的手絹拚命地擦眼睛。維杉想，她叫你想到方成熟的桃或是杏，緋紅的，飽飽的一顆天眞，讓人想摘下來賞玩，卻不敢眞眞地拿來吃，維杉不覺得沒了主意。他逗她說：

「準是嬤打了！」

她拿手絹蒙著臉偷偷地笑了。

「怎麼又笑了？準是你打了嬤了！」

這回她伏在桌上索性吃吃地笑起來。維杉糊塗了。他想把她的小肩膀摟住，吻她的粉嫩的脖頸，但他又不敢。他站著發了一會呆。他看到椅子上放著

6朱拓的黃批：黃批，即黃皮，此指黃皮的果實。用朱砂等紅色顏料拓印出黃皮果實的模樣。

她的小紙傘，他走過去坐下開著小傘說玩。

她仰起身來，又擦了半天眼睛，才紅著臉過來拿她的傘，他不給。

「剛從哪裏回來，芝？」他問她。

「車站。」

「誰走了？」

「一個同學，她是我最好的朋友，可是她……她明年不回來了！」她好像仍是很傷心。

他看著她沒有說話。

「杉叔，您可以不可以給她寫兩封介紹信，她就快到美國去了。」

「到美國哪一個城？」

「反正要先到紐約的。」

「她也同你這麼大麼？」

「還大兩歲多。……杉叔您一定得替我寫，她眞是好，她是我最好的朋友了。……杉叔，您不是有許多朋友嗎，你一定得寫。」

「好，我一定寫。」

「爹說杉叔有許多……許多女朋友。」

「你爹這樣說了麼？」維杉不知爲什麼很生氣。他問了芝她朋友的名字，他說他明天替她寫那介紹信。他拿出菸來很不高興地抽。這回芝拿到她的傘卻又不走。她坐下在他腳邊一張小凳上。

「杉叔，我要走了的時候您也替我介紹幾個人。」

他看著芝倒翻上來的眼睛，他笑了，但是他又接著嘆了一口氣。

他說：「還早著呢，等你眞要走的時候，你再提醒我一聲。」

「可是，杉叔，我不是說女朋友，我的意思是：也許杉叔認得幾個眞正的美術家或是文學家。」她又拿著手絹玩了一會低著頭說：「篁哥，孫家的篁哥，他亦要去的，眞的，杉叔，他很有點天才。可是他想不定學什麼。他爹爹說他歲數太小，不讓他到巴黎學雕刻，要他先到哈佛學文學，所以我們也許可以一同走……我亦勸哥哥同去，他可捨不得這裏的大學。」這裏她話愈說得快了，她差不多喘不過氣來，「我們自然不單到美國，我們以後一定轉到歐洲，法國，意大利，對了，篁哥連做夢都是做到意大利去，還有英國……」

維杉心裏說：「對了，出去，出去，將來，將來，年輕！荒唐的年輕！他們只想出去飛！飛！叫你怎不覺得自己落伍，老，無聊，無聊！」他說不出的難過，說老，他還沒有老，但是年輕？他看著菸捲沒有話說。芝看著他不說話也不敢再開口。

「好，明年去時再提醒我一聲，不，還是後年吧？……那時我也許已經不在這裏了。」

「杉叔，到哪裏去？」

「沒有一定的方向，也許過幾年到法國來看你……那時也許你已經嫁了……」

芝急了，她說：「沒有的話，早著呢！」

維杉忽然做了一件很古怪的事，他俯下身去吻了芝的頭髮。他又伸過手拉著芝的小手。

少朗推簾子進來，他們兩人站起來，趕快走到外間來。芝手裏還拿著那把紙傘。少朗起先沒有說話，過一會，他皺了一皺他那有文章的眉頭問說：

「你什麼時候來的？」

「剛來。」維杉這樣從容地回答他，心裏卻覺著非常之窘。

「別忘了介紹信，杉叔。」芝叮嚀了一句又走了。

「什麼介紹信？」少朗問。

「她要我替她同學寫幾封介紹信。」

「你還在和碧諦通信麼？還有雷茵娜？」少朗仍是皺著眉頭。

「很少……」維杉又覺得窘到極點了。

星期三那天下午到天津的晚車裏，旭窗遇到維杉在頭等房間裏靠著抽菸，問他到哪裏去，維杉說回南，旭窗叫腳行將自己的皮包也放在這間房子裏說：

「大暑天，怎麼倒不在北京？」

「我在北京，」維杉說，「感得，感得窘極了。」他看一看他拿出來拭汗的手絹，「窘極了！」

「窘極了？」旭窗此時看到賣報的過來，他問他要《大公報》看，便也沒有再問下去維杉為什麼在北京感著「窘極了」。

香山，六月

——原載於一九三一年九月《新月》月刊，第三卷第九期

九十九度中

三個人肩上各挑著黃色，有「美豐樓」字號大圓簍的，用著六個滿是泥濘凝結的布鞋，走完一條被太陽曬得滾燙的馬路之後，轉彎進了一個胡同裏去。

「勞駕，借光——三十四號甲在哪一頭？」在酸梅湯的攤子前面，讓過一輛正在飛奔的家車——鋼絲輪子亮得晃眼的——，又向蹲在牆角影子底下的老頭兒，問清了張宅方向後，這三個流汗的挑夫便又努力地往前走。那六隻泥濘步履的腳，無條件地，繼續著他們機械式的輾動。

在那輕快的一瞥中，坐在洋車上的盧二爺看到黃簍上飯莊的字號，完全明白裏面裝的是豐盛的筵席，自然地，他估計到他自己午飯的問題。家裏飯乏味，菜蔬缺乏個性，太太的臉難看，你簡直就不能對她提到那廚子問題。這幾天天太熱，太熱，並且今天已經二十二，什麼事她都能夠牽扯到薪水問題上，孩子們再一吵，誰能夠在家裏吃中飯！

「美豐樓飯莊」黃簍上黑字寫得很笨大，方才第三個挑夫挑得特別吃勁，搖搖擺擺地使那黃簍左右的晃……

美豐樓的菜不能算壞，義永居的湯麵實在也不錯……於是義永居的湯麵？還是市場萬花齋的點心？東城或西城？找誰同去聊天？逸九新從南邊來的住在哪裏？或許老孟知道，何不到和記理髮館借個電話？盧二爺估計著，猶豫著，隨著洋車的起落。他又好像已經決定了在和記借電話，聽到夥計們的招呼：「……二爺您好早？……用電話，這邊您哪！……」

伸出手臂，他睨一眼金表上所指示的時間，細小的兩針分停在兩個鐘點上，但是分明的都在掙扎著到達十二點上邊。在這時間中，車夫感覺到主人在車上翻動不安，便更抓穩了車把，彎下一點背，勇猛地狂跑。二爺心裏仍然疑問著麵或點心；東城或西城；車已趕過前面的幾輛。一個女人騎著自行車，由他左側衝過去，快鏡似的一瞥鮮豔的顏色，腳與腿，腰與背，側臉、眼和頭髮，全映進老盧的眼裏，那又是誰說過的……老盧就是愛看女人！女人誰又不愛？難道你在街上眞閉上眼不瞧那過路的漂亮的！

「到市場，快點。」老盧吩咐他車夫奔馳的終點，於是主人和車夫戴著兩頂價格極不相同的草帽，便同在一個太陽底下，向東安市場奔去。

很多好看的碟子和鮮果點心，全都在大廚房院裏，從黃色層簍中檢點出來。立著監視的有飯莊的「二掌櫃」和張宅的「大師傅」；兩人都因爲胖的緣故，手裏都有把大蒲扇。大師傅舉著扇，撲一下進來湊熱鬧的大黃狗。

「這東西最討嫌不過！」這句話大師傅一半拿來罵狗，一半也是來權作和掌櫃的寒暄。

「可不是？他X的，這東西最可惡。」二掌櫃好脾氣地用粗話也罵起狗。狗無聊地轉過頭到垃圾堆邊聞嗅隔夜的肉骨。

奶媽抱著孫少爺進來，七少奶每月用六元現洋僱她，抱孫少爺到廚房，門房，大門口，街上一些地方餵奶連遊玩的。今天的廚房又是這樣的不同；飯莊的「頭把刀」帶著幾個夥計在灶邊手忙腳亂地炒菜切肉絲，奶媽覺得孫少爺是更不能不來看：果然看到了生人，看到狗，看到廚房桌上全是好看的乾果，鮮果，糕餅，點心，孫少爺格外高興，在奶媽懷裏跳，手指著要吃。奶媽隨手趕開了幾隻蒼蠅，揀一塊山楂糕放到孩子口裏，一面和夥計們打招呼。

忽然看到陳升走到院子裏找趙奶奶，奶媽對他擠了擠眼，含笑地問：「什麼事值得這麼忙？」同時她打開衣襟露出前胸餵孩子奶吃。

「外邊挑擔子的要酒錢。」陳升沒有平時的溫和，或許是太忙了的緣故。老太太這次做壽，比上個月四少奶小孫少爺的滿月酒的確忙多了。

此刻那三個粗蠢的挑夫蹲在外院槐樹蔭下，用黯黑的毛巾擦他們的腦袋，等候著他們這滿身淋汗的代價。一個探首到裏院偷偷看院內華麗的景象。

裏院和廚房所呈的紛亂固然完全不同，但是它們紛亂的主要原因則是同樣的，爲著六十九年前的今天。六十九年前的今天，江南一個富家裏又添了一個綢緞金銀裏托著的小生命。經過六十九個像今年這樣流汗天氣的夏天，又產生過另十一個同樣需要綢緞金銀的生命以後，那個生命乃被稱爲長壽而又有福氣的婦人。這個婦人，今早由兩個老媽扶著，坐在床前，攏一下斑白稀疏的鬢髮，對著半碗火腿稀飯搖頭：

「趙媽，我哪裏吃得下這許多？你把鍋裏的拿去給七少奶的雲乖乖吃罷……」

七十年的穿插，已經捲在歷史的章頁裏，在今天的院裏能呈露出多少，誰也不敢說，事實是今天，將有很多打扮得極體面的男女來慶祝，慶祝能夠維持這樣長久壽命的女人，並且爲這一慶祝，飯莊裏已將許多生物的壽命裁削了，拿它們的肌肉來補充這慶祝者的腸胃。

前兩天這院子就爲了這事改變了模樣，簇新的喜棚支出瓦檐丈餘尺高。兩旁紅喜字玻璃方窗，由胡同的東頭，和順車廠的院裏是可以看得很清楚的。前晚上六點左右，小三和環子，兩個洋車夫的兒子，倒土筐的時候看到了，就告訴他們嬸：「張家喜棚都搭好了，是哪一個孫少爺娶新娘子？」他們嬸爲這事，還拿了鞋樣到陳大嫂家說個話兒。正看到她在包餃子，笑嘻嘻的得意得很，說老太太做整壽——多好福氣——，她當家的跟了張老太爺多少年。昨天張家三少奶還叫她進去，說到日子要她去幫個忙兒。

喜棚底下圓桌面就有七八張，方凳更是成疊地堆在一邊；幾個伕役持著雞毛帚，忙了半早上才排好五桌。小孩子又多，什麼孫少爺，侄孫少爺，姑太太們帶來的那幾位都夠淘氣的。李貴這邊排好幾張，那邊小爺們又扯走了排火車玩。天熱得厲害，蒼蠅是免不了多，點心乾果都不敢先往桌子上擺。冰化得也快，簍子底下冰水化了滿地！汽水瓶子擠滿了廂房的廊上，五少奶看見了只嚷不行，全要冰起來。

全要冰起來！眞是的，今天的食品全擺起來夠像個菜市，四個冰箱也騰不出一點空隙。這新買來的冰又放在哪裏好？李貴手裏捧著兩個綠瓦盆，私下裏咕嚕著爲這筵席所發生的難題。

趙媽走到外院傳話，聽到陳升很不高興地在問三個挑夫要多少酒錢。

「瞅著給罷。」一個說。

「怪熱天多賞點吧。」又一個抿了抿乾燥的口唇，想到方才胡同口的酸梅湯攤子，嘴裏覺著渴。

就是這嘴裏渴得難受，楊三把盧二爺拉到東安市場西門口，心想方才在那個「喜什麼堂」門首，明明看到王康坐在洋車腳鐙上睡午覺。王康上月底欠了楊三十四吊錢，到現在仍不肯還；只顧著躲他。今天債主遇到賒債的賭鬼，心頭起了各種的計算——楊三到餓的時候，脾氣常常要比平時壞一點。天本來就太熱，太陽簡直是冒火，誰又受得了！方才二爺坐在車上，儘管用勁跺鈴，金魚胡同走道的學生們又多，你撞我闖的，擠得眞可以的。楊三擦了汗一手抓住車把，拉了空車轉回頭去找王康要賬。

「要不著八吊要六吊，再要不著，要他X的幾個混蛋嘴巴！」楊三脖幹兒上太陽燙得像火燒。「四吊多錢我買點羊肉，吃一頓好的。蔥花烙餅也不壞——誰又說大熱天不能喝酒？喝點又怕什麼——睡得更香。盧二爺到市場吃飯，進去少不了好幾個鐘頭……」

喜燕堂門口掛著彩，幾個樂隊裏人穿著紅色制服，坐在門口喝茶——他們把大銅鼓擱在一旁，銅喇叭夾在兩膝中間。楊三知道這又是哪一家辦喜事。反正一禮拜短不了有兩天好日子，就在這喜燕堂，哪一個禮拜沒有一輛花馬車，裏面攙出花溜溜的新娘？今天的花車還停在一旁……

「王康，可不是他！」楊三看到王康在小挑子的擔裏買香瓜吃。

「有錢的娶媳婦，和咱們沒有錢的娶媳婦，還不是一樣？花多少錢娶了她，她也短不了要這個那個的——這年頭！好媳婦，好！你瞧怎麼著？更惹不起！管你要錢，氣你喝酒！再有了孩子，又得顧他們吃，顧他們穿。……」

王康說話就是要「逗個樂兒」，人家不敢說的話他敢說，一羣車夫聽到他的話，各各高興地湊點尾聲。李榮手裏捧著大餅，用著他最現成的粗話引著那幾個年輕的笑。李榮從前是拉過家車的——可惜東家回南，把事情就擱下來了——，他認得字，會看報，他會用新名詞來發議論：「文明結婚可不同了，這年頭是最講『自由』『平等』的了。」底下再引用了小報上撿來離婚的新聞打哈哈。

楊三沒有娶過媳婦，他想娶，可是「老家兒」早過去了，沒有給他訂下親，外面瞎姘的他沒敢要。前兩天，棚鋪的掌櫃娘要同他做媒；提起了一個姑娘說是什麼都不錯，這幾天不知道怎麼又沒有訊兒了。今天洋車夫們說笑的話，楊三聽了感著不痛快。看看王康的臉在太陽裏笑得皺成一團，更使他氣起來。

王康仍然笑著說話，沒有看到楊三，手裏咬剩的半個香瓜裏面，黃黃的一把瓜子像不整齊的牙齒向著上面。

「老康！這些日子都到哪裏去了？我這兒還等著錢吃飯呢！」楊三乘著一股勁發作。

聽到聲，王康怔了向後看，「呵，這打哪兒說的呢？」他開始賴賬了，

「你要吃飯，你打你X的自己腰包裏掏！要不然，你出個份子，進去那裏邊，」他手指著喜燕堂，「吃個現成的席去。」王康的嘴說得滑了，禁不住這樣嘲笑著楊三。

周圍的人也都跟著笑起來。

本來準備著對付賴賬的巴掌，立刻打在王康的老臉上了。必須的扭打，由藍布幕的小攤邊開始，一直擴張到停洋車的地方。來往汽車的喇叭，像被打的狗，嗚嗚叫號。好幾輛正在街心奔馳的洋車都停住了，流汗車夫連喊著「靠裏！」「瞧車！」脾氣暴的人順口就是：「他X的，這大熱天，單挑這麼個地方！」

巡警離開了崗位；小孩子們圍上來；喝茶的軍樂隊人員全站起來看；女人們嚇得只喊，「了不得，前面出事了罷！」

楊三提高嗓子只嚷著問王康：「十四吊錢，是你——是你拿走了不是？——」

呼喊的聲浪由扭打的兩人出發，膨脹，膨脹到周圍各種人的口裏：「你聽我說……」「把他們拉開……」「這樣擋著路……瞧腿要緊。」嘈雜聲中還有人叉著手遠遠地喊，「打得好呀，好拳頭！」

喜燕堂正廳裏掛著金喜字紅幛，幾對喜聯，新娘正在服從號令，連連地深深地鞠躬。外邊的喧吵使周圍客人的頭同時向外面轉，似乎打聽外面喧吵的原故。新娘本來就是一陣陣的心跳，此刻更加失掉了均衡；一下子撞上，一下子沉下，手裏抱著的鮮花隨著只是打顫。雷響深入她耳朵裏，心房裏。……

「新郎新婦——三鞠躬」——「……三鞠躬」。阿淑在迷惘裏彎腰伸直，伸直彎腰。昨晚上她哭，她媽也哭，將一串經驗上得來的教訓，拿出來贈給她——什麼對老人要忍耐點，對小的要和氣，什麼事都要讓著點——，好像生活就是靠容忍和讓步支持著！

她焦心的不是在公婆妯娌間的委曲求全。這幾年對婚姻問題誰都討論得熱鬧，她就不懂那些討論的道理遇到實際時怎麼就不發生關係。她這結婚的實際，並沒有因爲她多留心報紙上，新文學上，所討論的婚姻問題，家庭問題，戀愛問題，而減少了問題。

「二十五歲了……」有人問到阿淑的歲數時，她媽總是發愁似的輕輕地回答那問她的人，底下說不清是嘆息是囉嗦。

在這舊式家庭裏，阿淑算是已經超出應該結婚的年齡很多了。她知道。父母那急著要她出嫁的神情使她太難堪！他們天天在替她選擇合適的人家——其實哪裏是選擇！反對她儘管反對，那只是消極的無奈何的抵抗，她自己明知道是絕對沒有機會選擇，乃至於接觸比較合適，理想的人物！她掙扎了三年，三年的時間不算短，在她父親看去那更是不可信的長久……

「餘家又託人來提了，你和阿淑商量商量吧，我這身體眼見得更糟，這瀠天……」父親的話常常說得很響，故意要她聽得見。有時在飯桌上脾氣或許更壞一點。「這六十塊錢，養活這一大家子！養兒養女都不夠，還要捐什麼錢？乾脆餓死！」有時更直接更難堪：「這又是誰的新褂子？阿淑，你別學時髦穿了到處走，那是找不著婆婆家的——外面瞎認識什麼朋友我可不答應，我們不是那種人家！」……懦弱的母親低著頭裝作縫衣：「媽勸你將就點……爹身體近來不好，……女兒不能在娘家一輩子的……這家子不算壞；差事不錯，前妻沒有孩子不能算塡房。……」

理論和實際似乎永不發生關係；理論說婚姻得怎樣又怎樣，今天阿淑都記不得那許多了。實際呢，只要她點一次頭，讓一個陌生的，異姓的，異性的人坐在她家裏，乃至於她旁邊，吃一頓飯的手續，父親和母親這兩三年——竟許已是五六年——來的難題，便突然的，在他們是覺得極文明地解決了。

對於阿淑這訂婚的疑懼，常使她父親像小孩子似的自己安慰自己：阿淑這門親事眞是運氣呀，說時總希望阿淑聽見這話。不知怎樣，阿淑聽到這話總很可憐父親，想裝出高興樣子來安慰他。母親更可憐；自從阿淑定婚以來總似乎對她抱歉，常常啞著嗓子說：「看我做母親的這份心上面。」

看做母親的那份心上面！那天她初次見到那陌生的，異姓的，異性的人，那個庸俗的典型觸碎她那一點脆弱的愛美的希望，她怔住了，能去尋死，爲婚姻失望而自殺麼？可以大膽告訴父親，這婚約是不可能的麼？能逃脫這家庭的苛刑（在愛的招牌下的）去冒險，去漂落麼？

她沒有勇氣說什麼，她哭了一會，媽也流了眼淚，後來媽說：阿淑你這幾天瘦了，別哭了，做娘的也只是一份心。……現在一鞠躬，一鞠躬地和幸福作別，事情已經太晚得沒有辦法了。

吵鬧的聲浪愈加明顯了一陣，伴娘爲新娘戴上戒指，又由贊禮的喊了一些命令。

迷離中阿淑開始幻想那外面吵鬧的原因：洋車夫打電車吧，汽車軋傷了人吧，學生又請願，當局派軍警彈壓吧……但是阿淑想怎麼我還如是焦急，現在我該像死人一樣了，生活的波瀾該沾不上我了，像已經臨刑的人。但臨刑也好，被迫結婚也好，在電影裏到了這種無可奈何的時候總有一個意料不到快慰人心的解脫，不合法，特赦，戀人騎著馬星夜奔波地趕到……但誰是她的戀人？除卻九哥！學政治法律，講究新思想的九哥，得著他表妹阿淑結婚的消息不知怎樣？他恨由父母把持的婚姻……但誰知道他關心麼？他們多少年不來往了，雖然在山東住的時候，他們曾經鄰居，兩小無猜地整天在一起玩。幻想是不中用的，九哥先就不在北平，兩年前他回來過一次，她記得自己遇到九哥扶著一位漂亮的女同學在書店前邊，她躲過了九哥的視線，慚愧自己一身不入時的裝束，她不願和九哥的女友做個太難堪的比較。

感到手痠，心酸，渾身打顫，阿淑由一堆人擁簇著退到裏面房間休息。女客們在新娘前後彼此寒暄招呼，彼此注意大家的裝扮。有幾個很不客氣在批評新娘子，顯然認爲不滿意。「新娘太單薄點。」一個摺著十幾層下頦的胖女人，搖著扇和旁邊的六姨說話。阿淑覺到她自己眞可以立刻碰得粉碎；這位胖太太像一座石臼，六姨則像一根鐵杵橫在前面，阿淑兩手發抖拉緊了一塊絲巾，聽老媽在她頭上不住地搬弄那幾朵絨花。

隨著花露水香味進屋子來的，是錫嬌和麗麗，六姨的兩個女兒，她們的裝扮已經招了許多羨慕的眼光。有電影明星細眉的錫嬌抓把瓜子嗑著，猩紅的嘴唇裏露出雪白的牙齒。她暗中扯了她妹妹的衣襟，嘴向一個客人的側面努了一下。麗麗立刻笑紅了臉，拿出一條絲綢手絹矇住嘴擠出人堆到廊上走，望著已經在席上的男客們。有幾個已經提起筷子高高興興地在選擇肥美的雞肉，一面講著笑話，頓時都爲著麗麗的笑聲，轉過臉來，鎭住眼看她。麗麗扭一下腰，又擺了一下，軟的長衫輕輕展開，露出裏著肉色絲襪的長腿走過另一邊去。

年輕的茶房穿著藍布大褂，肩搭一塊桌布，由廚房裏出來，兩隻手拿四碟冷葷，幾乎撞住麗麗。聞到花露香味，茶房忘卻顧忌地斜過眼看。昨晚他上菜的時候，那唱戲的雲娟坐在首席曾對著他笑，兩隻水鑽耳墜，打鞦韆似的左右晃。他最忘不了雲娟旁座的張四爺，抓住她如玉的手臂勸乾杯的情形。笑瞇瞇的帶醉的眼，雲娟明明是向著正端著大碗三鮮湯的他笑。他記得放平了大碗，心還怦怦地跳。直到晚上他睡不著，躺在院裏板凳上乘涼，隨口唱幾聲「孤王……酒醉……」才算鬆動了些。今天又是這麼一個笑嘻嘻的小姐，穿著這一身軟，茶房垂下頭去拿酒壺，心底似乎恨誰似的一股氣。

「逸九，你喝一杯什麼？」老盧做東這樣問。

「我來一杯香桃冰淇淩吧。」

「你去揀幾塊好點心，老孟。」主人又招呼那一個客。午飯問題算是如此解決了。爲著天熱，又爲著起得太晚，老盧看到點心鋪前面掛的「衛生冰淇淩，咖啡，牛乳，各樣點心」這種動人的招牌，便決意裏面去消磨時光。約到逸九和老孟來聊天，老盧顯然很滿意了。

三個人之中，逸九最年少，最摩登。在中學時代就是一口英文，屋子裏掛著不是「梨娜」就是「琴妮」的相片，從電影雜誌裏細心剪下來的，圓一張，方一張，滿壁動人的嬌憨。——他到上海去了兩年，跳舞更是出色了，老盧端詳著自己的腳，打算找逸九帶他到舞場拜老師去。

「哪個電影好，今天下午？」老孟抓一張報紙看。

鄰座上兩個情人模樣男女，對面坐著呆看。男人有很溫和的臉，抽著菸沒有說話；女人的側相則頗有動人的輪廓，睫毛長長的活動著，臉上時時浮微笑。她的青紗長衫罩著豐潤的肩臂，帶著神祕性的淡雅。兩人無聲地吃著冰淇淩，似乎對於一切完全的滿足。

老盧、老孟談著時局，老盧既是機關人員，時常免不了說「我又有個特別的消息，這樣看來裏面還有原因」，於是一層一層地做更詳細原因的檢討，深深地浸入政治波瀾裏面。

逸九看著女人的睫毛，和浮起的笑渦，想到好幾年前同在假山後捉迷藏的瓊兩條髮辮，一個垂前，一個垂後地跳躍。瓊已經死了這六七年，誰也沒有再提起過她。今天這青長衫的女人，單單叫他心底湧起瓊的影子。不可思議的，淡淡的，記憶描著活潑的瓊。在極舊式的家庭裏淘氣，二舅舅提根旱煙管，厲聲地出來停止她各種的嬉戲。但是瓊只是斂住聲音低低地笑。雨下大了，院中滿是水，又是瓊膽子大，把褲腿捲過膝蓋，赤著腳，到水裏裝摸魚。不小心她滑倒了，還是逸九去把她抱回來。和瓊差不多大小的還有阿淑，住在對門，他們時常在一起玩，逸九忽然記起瘦小，不愛說話的阿淑來。

「聽說阿淑快要結婚了，嬷囑咐到表姨家問候，不知道阿淑要嫁給誰！」他似乎怕到表姨家。這幾年的生疏叫他爲難，前年他們遇見一次，裝束不入時的阿淑倒有種特有的美，一種靈性……奇怪今天這青長衫女人爲什麼叫他想起這許多……

「逸九，你有相當的聰明，手腕，你又能巴結女人，你也應該來試試，我介紹你見老王。」

倦了的逸九忽然感到苦悶。

老盧手彈著桌邊表示不高興：「老孟你少說話，逸九這位大少爺說不定他倒願意去演電影呢！」種種都有一點落伍的老盧嘲笑著翩翩年少的朋友出氣。

青紗長衫的女人和她朋友吃完了，站了起來。男的手托著女人的臂腕，無聲地繞過他們三人的茶桌前面，走出門去。老盧逸九注意到女人有秀美的腿，穩健的步履。兩人的融洽，在不言不語中流露出來。

「他們是甜心！」

「願有情人都成眷屬。」

「這女人算好看不？」

三個人同時說出口來，各各有所感觸。

午後的熱，由窗口外噓進來，三個朋友吃下許多清涼的東西，更不知做什麼好。

「電影院去，咱們去研究一回什麼『人生問題』『社會問題』吧？」逸九望著桌上的空杯，催促著盧、孟兩個走。心裏仍然浮著瓊的影子。活潑、美麗、健碩，全幻滅在死的幕後，時間一樣的向前，計量著死的實在。像今天這樣，偶爾的回憶就算是證實瓊有過活潑生命的唯一的證據。

東安市場門口洋車像放大的螞蟻一串，頭尾銜接著放在街沿。楊三已不在他尋常停車的地方。

「區裏去，好，區裏去！咱們到區裏說個理去！」就是這樣，王康和楊三到底結束了毆打，被兩個巡警彈壓下來。

劉太太打著油紙傘，端正地坐在洋車上，想金裁縫太不小心了，今天這件綢衫下襬仍然不合適，領也太小，緊得透不了氣，想不到今天這樣熱，早知道還不如穿紗的去。裁縫趕做的活總要出點毛病。實甫現在脾氣更壞一點，老嫌女人們麻煩。每次有個應酬你總要聽他說一頓的。今天張老太太做整壽，又不比得尋常的場面可以隨便……

對面來了淺藍色衣服的年輕小姐，極時髦的裝束使劉太太睜大了眼注意了。

「劉太太哪裏去？」藍衣小姐笑了笑，遠遠招呼她一聲過去了。「人家的衣服怎麼如此合適！」劉太太不耐煩地舉著花紙傘。「嗚嗚——嗚嗚……」汽車的喇叭響得震耳。

「打住。」洋車夫緊抓車把，縮住車身前衝的趨勢。汽車過去後，由劉太太車旁走出一個巡警，帶著兩個粗人：一根白繩由一個的臂膀繫到另一個的臂上。巡警執著繩端，板著臉走著。一個粗人顯然是車夫；手裏仍然拉著空車，嘴裏咕嚕著。很講究的車身，各件白銅都擦得放亮，後面銅牌上還鐫著「盧」字。這又是誰家的車夫，鬧出事讓巡警拉走。劉太太恨恨地一想車夫們愛肇事的可惡，反正他們到區裏去少不了東家設法把他們保出來的……

「靠裏！……靠裏！」威風的劉家車夫是不耐煩擠在別人車後的——老爺

是局長，太太此刻出去闊綽的應酬，洋車又是新打的，兩盞燈發出銀光……嘩啦一下，靠手板在另一個車邊擦一下，車已猛衝到前頭走了。劉太太的花油紙傘在日光中搖搖蕩蕩地迎著風，順著街心溜向北去。

胡同口酸梅湯攤邊剛走開了三個挑夫。酸涼的一杯水，短時間地給他們愉快，六隻泥濘的腳仍然踏著滾燙的馬路行去。賣酸梅湯的老頭兒手裏正數著幾十枚銅元，一把小雞毛帚夾在腋下。他翻上兩顆黯淡的眼珠，看看過去的花紙傘，知道這是到張家去的客人。他想今天爲著張家做壽，客人多，他們的車夫少不得來攤上喝點涼的解渴。

「兩吊……三吊！……」他動著他的手指，把一疊銅元收入攤邊美人牌香菸的紙盒中。不知道今天這冰夠不夠使用的，他翻開幾重荷葉，和一塊灰黑色的破布，仍然用著他黯淡的眼珠向磁缸裏的冰塊端詳了一回。「天不熱，喝的人少，天熱了，冰又化得太快！」事情哪一件不有爲難的地方，他嘆口氣再翻眼看看過去的汽車。汽車軋起一陣塵土，籠罩著老人和他的攤子。

寒暑表中的水銀從早起上升，一直過了九十五度的黑線上。喜棚底下比較蔭涼的一片地面上曾聚過各種各色的人物。丁大夫也是其間一個。

丁大夫是張老太太內侄孫，德國學醫剛回來不久，痳利，漂亮，現在社會上已經有了聲望，和他同席的都藉著他是醫生的緣故，拿北平市衛生問題做談料，什麼鼠疫，傷寒，預防針，微菌，全在吞嚥八寶冬瓜，瓦塊魚，鍋貼雞，炒蝦仁中間討論過。

「貴醫院有預防針，是好極了。我們過幾天要來痳煩請教了。」說話的以為如果微菌聽到他有打預防針的決心也皆氣餒了。

「歡迎，歡迎。」

廚房送上一碗涼菜。丁大夫躊躇之後決意放棄吃這碗菜的權利。

小孩們都搶了盤子邊上放的小冰塊，含到嘴裏嚼著玩，其他客喜歡這涼菜的也就不少。天實在熱！

張家幾位少奶奶裝扮得非常得體，頭上都戴朵紅花，表示對舊禮教習尙仍然相當遵守的。在院子中盤旋著做主人，各人心裏都明白自己今天的體面。好幾個星期前就顧慮到的今天，她們所理想到的今天各種成功，已然順序的，在眼前實現。雖然爲著這重要的今天，各人都輪流著覺得受過委屈；生過氣；用過心思和手腕；將就過許多不如意的細節。

老太太顫巍巍地喘息著，繼續維持著她的壽命。雜亂模糊的回憶在腦子裏浮沉。蘭蘭七歲的那年……送阿旭到上海醫病的那年眞熱……生四寶的時候在湖南，於是生育，病痛，兵亂，行旅，婚娶，沒秩序，沒規則地紛紛在她記憶下掀動。

「我給老太太拜壽，您給回一聲吧。」

這又是誰的聲音？這樣大！老太太睜開打瞌睡的眼，看一個濃裝的婦人對她鞠躬問好。劉太太，——誰又是劉太太，真是的！今天客人太多了，好吃勁。老太太扶著趙媽站起來還禮。

「別客氣了，外邊坐吧。」二少奶伴著客人出去。

誰又是這劉太太……誰？……老太太模模糊糊地又做了一些猜想，望著門檻又墮入各種的回憶裏去。

坐在門檻上的小丫頭壽兒，看著院裏石榴花出神。她巴不得酒席可以快點開完，底下人們可以吃中飯，她肚子裏實在餓得慌。一早眼睛所接觸的，大部分幾乎全是可口的食品，但是她仍然是餓著肚子，坐在老太太門檻上等候呼喚。她極想再到前院去看看熱鬧，但爲想到上次被打的情形，只得竭力忍耐。在飢餓中，有一樁事她仍然沒有忘掉她的高興。因爲老太太的整壽，大少奶給她一副銀鐲。雖然爲著捶背而酸乏的手臂懶得轉動，她仍不時得意地舉起手來，晃搖著她的新鐲子。

午後的太陽斜到東廊上，後院子暫時沉睡在靜寂中。幼蘭在書房裏和羽哭著鬧脾氣：「你們都欺侮我，上次賽球我就沒有去看。爲什麼要去？反正人家也不歡迎我，……慧石不肯說，可是我知道你和阿玲在一起玩得上勁。」抽噎的聲音微微地由廊上傳來。

「等會客人進來了不好看……別哭……你聽我說……絕對沒有這麼回事的。咱們是親表誰不知道我們親熱，你是我的蘭，永遠，永遠的是我的最愛最愛的……你信我……」

「你在哄騙我，我……我永遠不會再信你的了……」

「你又來傷我，你心狠……」

聲音微下去，也和緩了許多，又過了一些時候。才有輕輕的笑語聲。小丫頭仍然餓得慌，仍然坐在門檻上沒有敢動，她聽著小外孫小姐和羽孫少爺老是吵嘴，哭哭啼啼的，她不懂。一會兒他們又笑著一塊兒由書房裏出來。

「我到婆婆的裏間洗個臉去。壽兒你給我打盆洗臉水去。」

壽兒得著打水的命令，高興地站起來。什麼事也比坐著等老太太睡醒都好一點。

「別忘了晚飯等我一桌吃。」羽說完大步地跑出去。

後院頓時又墮入悶熱的靜寂裏；柳條的影子畫上粉牆，太陽的紅比得胭脂。牆外天藍藍的沒有一片雲，像戲臺上的布景。隱隱的送來小販子叫賣的聲音——賣西瓜的——賣涼蓆的，一陣一陣。

挑夫提起力氣喊他孩子找他媳婦。天快要黑下來，媳婦還坐在門口納鞋底子；趕著那一點天亮再做完一隻。一個月她當家的要穿兩雙鞋子，有時還不夠的，方才當家的回家來說不舒服，睡倒在炕上，這半天也沒有醒。她放下鞋底又走到旁邊一家小鋪裏買點生薑，說幾句話兒。

斷續著呻吟，挑夫開始感到苦痛，不該喝那冰涼東西，早知道這大暑天，還不如喝口熱茶！迷惘中他看到茶碗，茶缸，施茶的人家，碗，碟，果子雜亂地繞著大圓簍，他又像看到張家的廚房。不到一刻他肚子裏像糾麻繩一般痛，發狂的嘔吐使他沉入嚴重的症候裏和死搏鬥。

挑夫媳婦失了主意，喊孩子出去到藥鋪求點藥。那邊時常夏天是施暑藥的……

鄰居積漸知道挑夫家裏出了事，看過報紙的說許是霍亂，要扎針的。張禿子認得大街東頭的西醫丁家，他披上小褂子，一邊扣鈕子，一邊跑。丁大夫的門牌掛得高高的，新漆大門兩扇緊閉著。張禿子找著電鈴死命地按，又在門縫裏張望了好一會，才有人出來開門。什麼事？什麼事？門房望著張禿子生氣，張禿子看著丁宅的門房說，「勞駕——勞駕您大爺，我們『街坊』李挑子中了暑，託我來行點藥。」

「丁大夫和管藥房先生『出份子去了』，沒有在家，這裏也沒有旁人，這事誰又懂得？」門房呑呑吐吐地說，「還是到對門益年堂打聽吧。」大門已經差不多關上。

張禿子又跑了，跑到益年堂，聽說一個孩子拿了暑藥已經走了。張禿子是信教的，他相信外國醫院的藥，他又跑到那邊醫院裏打聽，等了半天，說那裏不是施醫院，並且也不收傳染病的，醫生晚上也都回家了，助手沒有得上邊話不能隨便走開的。

「最好快報告區裏，找衛生局裏人。」管事的告訴他，但是衛生局又在哪裏……

到張禿子失望地走回自己院子裏的時候，天已經黑了下來，他聽見李大嫂的哭聲知道事情不行了。院裏磁罐子裏還放出濃馥的藥味。他頓一下腳，

「咱們這命苦的……」他已在想如何去捐募點錢，收殮他朋友的屍體。叫孝子挨家去磕頭吧！

天黑了下來張宅跨院裏更熱鬧，水月燈底下圍著許多孩子，看變戲法的由袍子裏捧出一大缸金魚，一盤子「王母蟠桃」獻到老太太面前。孩子們都湊上去驗看金魚的眞假。老太太高興地笑。

大爺熟識捧場過的名伶自動地要送戲，正院前邊搭著戲臺，當差的忙著攔阻外面雜人往裏擠，大爺由上海回來，兩年中還是第一次——這次礙著母親整壽的面，不回來太難爲情。這幾天行市不穩定，工人們聽說很活動，本來就不

1出份子：份子錢，即禮金。出份子，華人習慣在親朋好友辦婚喪喜慶之事時，前往致贈禮金。

放心走開，並且廠裏的老趙靠不住，大爺最記掛……

看到院裏戲臺上正開場，又看廓上的燈，聽聽廂房各處傳來的牌聲，風扇聲，開汽水聲，大爺知道一切都圓滿地進行，明天事完了，他就可以走了。

「伯伯上哪兒去？」遊廊對面走出一個清秀的女孩。他怔住了看，慧石——是他兄弟的女兒，已經長得這麼大了？大爺傷感著，看他早死兄弟的遺腹女兒，她長得實在像她爸爸……實在像她爸爸……

「慧石，是你。長得這樣俊，伯伯快認不得了。」

慧石只是笑，笑。大伯伯還會說笑話，她覺得太料想不到的事，同時她像被電擊一樣，觸到伯伯眼裏蘊住的憐愛，一股心酸抓緊了她的嗓子。

她仍只是笑。

「哪一年畢業？」大伯伯問她。

「明年。」

「畢業了到伯伯那裏住。」

「好極了。」

「喜歡上海不?」

她搖搖頭:「沒有北平好。可是可以找事做,倒不錯。」

伯伯走了,容易傷感的慧石急忙回到臥室裏,想哭一哭,但眼睛溼了幾回,也就不哭了,又在鏡子前抹點粉笑了笑;她喜歡伯伯對她那和藹態度。嬸常常不滿伯伯和伯母的,常說些不高興他們的話,但她自己卻總覺得喜歡這伯伯的。

也許是骨肉關係有種不可思議的親熱,也許是因爲感激知己的心,慧石知道她更喜歡她這伯伯了。

廂房裏電話鈴響。

「丁宅呀，找丁大夫說話？等一等。」

丁大夫的手氣不壞，剛和了一牌三番，他得意地站起來接電話：

「知道了，知道了，回頭就去叫他派車到張宅來接。什麼？要暑藥的？發痧中暑？叫他到平濟醫院去吧。」

「天實在熱，今天，中暑的一定不少。」五少奶坐在牌桌上抽菸，等丁大夫打電話回來。「下午兩點的時候剛剛九十九度啦！」她睜大了眼表示嚴重。

「往年沒有這麼熱，九十九度的天氣在北平眞可以的了。」一個客人搖了搖檀香扇，急著想做莊。

咯突一聲，丁大夫將電話掛上。

報館到這時候積漸熱鬧，排字工人流著汗在機器房裏忙著。編輯坐到公事桌上面批閱新聞。本市新聞由各區裏送到；編輯略略將張宅名伶送戲一節細細看了看，想到方才同太太在市場吃冰淇凌後，遇到街上的打架，又看看那段廝打的新聞，於是很自然地寫著「西四牌樓三條胡同盧宅車夫楊三……」新聞裏將楊三王康的爭鬥形容得非常動聽，一直到了「扭區成訟」。

再看一些零碎，他不禁注意到挑夫霍亂數小時斃命一節，感到白天去吃冰淇凌是件不聰明的事。

楊三在熱臭的拘留所裏發愁，想著主人應該得到他出事的消息了，怎麼還沒有設法來保他出去。王康則在又一間房子裏餵臭蟲，苟且地睡覺。

「……哪兒呀，我盧宅呀，請王先生說話，……」老盧爲著洋車被扣已經打了好幾個電話了，在晚飯桌他聽著太太的埋怨……那楊三真是太沒有樣子，準是又喝醉了，三天兩回鬧事。

「……對啦，找王先生有要緊事，出去飯局了麼，回頭請他給盧宅來個電話！別忘了！」

這大熱晚上難道悶在家裏聽太太埋怨？楊三又沒有回來，還得出去僱車，老盧不耐煩地躺在床上看報，一手抓起一把蒲扇趕開蚊子。

——原載於一九三四年五月《學文》月刊第一卷第一期

模影零篇

以回憶的視角，
寫四位筆下人物既模糊又鮮明的身影，
四幅栩栩如生的人物肖像畫儼然躍於紙上。

模影零篇——鍾綠

鍾綠是我記憶中第一個美人，因爲一個人一生見不到幾個眞正負得起「美人」這稱呼的人物，所以我對於鍾綠的記憶，珍惜得如同他人私藏一張名畫輕易不拿出來給人看，我也就輕易的不和人家講她。除非是一時什麼高興，使我大膽地，興奮地，告訴一個朋友，我如何如何的曾經一次看到眞正的美人。

很小的時候，我常聽到一些紅顏薄命的故事，老早就印下這種迷信，好像美人一生總是不幸的居多。尤其是，最初叫我知道世界上有所謂美人的，就是一個身世極淒涼的年輕女子。她是我家親戚，家中傳統地認爲一個最美的人。雖然她已死了多少年，說起她來，大家總還帶著那種感慨，也只有一個美人死後能使人起的那樣感慨。說起她，大家總都有一些美感的回憶。我嬸娘常記起的是祖母出殯那天，這人穿著白衫來送殯。因爲她是個已出嫁過的女子——其實她那時已孀居一年多——，照我們鄉例，頭上纏著白頭帕。試想一個靜好如花的臉；一個長長窈窕的身材；一身的縞素；藉著人家傷痛的喪禮來哭她自己可憐的身世，怎不是一幅絕妙的圖畫！嬸娘說起她時，卻還不忘掉提到她的走路如何的有種特有丰神，哭時又如何的辛酸悽惋動人。我那時因爲過小，記不起送殯那天看到這素服美人，事後爲此不知惆悵了多少回。每當大家晚上閒坐談到這個人兒時，總害了我竭盡想像力，冥想到了夜深。

也許就是因爲關於她，我實在記得不太清楚，僅憑一家人時時的傳說，所以這個親戚美人之爲美人，也從未曾在我心裏疑問過。過了一些歲月，積漸的，我沒有小時候那般理想，事事都有一把懷疑，沙似的挾在裏面。我總愛說：絕代佳人，世界上不時總應該有一兩個，但是我自己親眼卻沒有看見過

故事。總而言之，關於鍾綠的事我實在聽得多了，不過當時我聽著也只覺到平常，並不十分起勁。

故事中僅有兩樁，我卻記得非常清楚，深入印象，此後不自覺地便對於鍾綠動了好奇心。

一樁是同系中最標致的女同學講的。她說那一年學校開個盛大藝術的古裝表演，中間要用八個女子穿中世紀的尼姑服裝。她是監製部的總管，每件衣裳由圖案部發出，全由她找人比著裁剪，做好後再找人試服。有一晚，她出去晚飯回來稍遲，到了製衣室門口遇見一個製衣部裏人告訴她說，許多衣裳做好正找人試著時，可巧電燈壞了，大家正在到處找來洋蠟點上。

「你猜，」她接著說：「我推開門時看到了什麼?……」

她喘口氣望著大家笑（聽故事的人那時已不止我一個），「你想，你想一間屋子裏，高高低低地點了好幾根蠟燭；各處射著影子；當中一張桌子上面，默默地，立著那麼一個鍾綠——美到令人不敢相信的中世紀小尼姑，眼微微地垂下，手中高高擎起一枝點亮的長燭。簡單靜穆，直像一張宗教畫！拉著門環，我半天肅然，說不出一句話來！……等到人家笑聲震醒我時，我已經記下這個一輩子忘不了的印象。」

自從聽了這樁故事之後，鍾綠在我心裏便也開始有了根據，每次再聽到鍾綠的名字時，我腦子裏便浮起一張圖畫。隱隱約約地，看到那個古代年輕的尼姑，微微地垂下眼，擎著一枝蠟走過。

第二次，我又得到一個對鍾綠依稀想像的背影，是由於一個男同學講的故事裏來的。這個臉色清癯的同學平常不愛說話，是個憂鬱深思的少年——聽說那個爲著戀愛鍾綠，到南非洲去旅行不再回來的同學，就是他的同房好朋友。有一天雨下得很大，我與他同在畫室裏工作，天已經積漸地黑下來，雖然還不到點燈的時候，我收拾好東西坐在窗下看雨，忽然聽他說：

「眞奇怪，一到下大雨，我總想起鍾綠！」

「爲什麼呢？」我倒有點好奇了。

「因爲前年有一次大雨，」他也走到窗邊，坐下來望著窗外，「比今天這雨大多了，」他自言自語地瞇上眼睛。「天黑得可怕，許多人全在樓上畫圖，只有我和勃森站在樓下前門口檐底下抽菸。街上一個人沒有，樹讓雨打得像囚犯一樣，低頭搖曳。一種說不出來的黯淡和寂寞籠罩著整條沒生意的街道，和街道旁邊不做聲的一切。忽然間，我聽到背後門環響，門開了，一個人由我身邊溜過，一直下了臺階衝入大雨中走去！……那是鍾綠……

「我認得是鍾綠的背影，那樣修長靈活，雖然她用了一塊折成三角形的綢巾蒙在她頭上，一隻手在項下抓緊了那綢巾的前面兩角，像個俄國村姑的打扮。勃森說鍾綠瘋了，我也忍不住要喊她回來。『鍾綠你回來聽我說！』我好像求她那樣懇切，聽到聲，她居然在雨裏回過頭來望一望，看見是我，她仰著臉微微一笑，露出一排貝殼似的牙齒。」

朋友說時回過頭對我笑了一笑，「你眞想不到世上眞有她那樣美的人！不管誰說什麼，我總忘不了在那狂風暴雨中，她那樣扭頭一笑，村姑似的包著三角的頭巾。」

這張圖畫有力地穿過我的意識，我望望雨又望望黑影籠罩的畫室。朋友又著手，正經地又說：

「我就喜歡鍾綠的一種純樸，城市中的味道在她身上總那樣的不沾著她本身的天眞！那一天，我那個熱情的同房朋友在樓窗上也發現了鍾綠在雨裏，像頑皮的村姑，沒有籠頭的野馬，便用勁地喊。鍾綠聽到，俯下身子一閃，立刻就跑了。上邊劈空的雷電，四圍紛披的狂雨，一會兒工夫她就消失在那水霧迷漫之中了……」

「奇怪，」他嘆口氣，「我總老記著這樁事，鍾綠在大風雨裏似乎是個很自然的回憶。」

聽完這段插話之後，我的想像中就又加了另一個隱約的鍾綠。

半年過去了，這半年中這個清癯的朋友和我比較的熟起，時常輕聲地來告訴我關於鍾綠的消息。她是輾轉地由一個城到另一個城，經驗不斷地跟在她腳邊，命運好似總不和她合作，許多事情都不暢意。

秋天的時候，有一天我這朋友拿來兩封鍾綠的來信給我看，筆跡秀勁流麗如見其人，我留下信細讀覺到它很有意思。那時我正初次在夏假中覓工，幾次在市城熙熙攘攘中長了見識，更是非常地同情於這流浪的鍾綠。

「所謂工業藝術你可曾領教過？」她信裏發出嘲笑，「你從前常常苦心教我調顏色，一根一根地描出理想的線條，做什麼，你知道麼？……我想你決不能猜到，兩三星期以來，我和十幾個本來都很活潑的女孩子，低下頭都畫一些什麼，……你閉上眼睛，喘口氣，讓我告訴你！牆上的花紙，好朋友！你能相信麼？一束一束的粉紅玫瑰花由我們手中散下來，整朵的，半朵的——因爲有人開了工廠專爲製造這種的美麗！……

「不，不，爲什麼我要臉紅？現在我們都是工業戰爭的鬥士——（多美麗的戰爭！）——並且你知道，各人有各人不同的報酬；花紙廠的主人今年新買了兩個別墅，我們前夜把晚飯減掉一點居然去聽音樂了，多謝那一束一束的玫瑰花！……」

幽默地，幽默地她寫下去那樣頑皮的牢騷。又一封：

「……好了，這已經是秋天，謝謝上帝，人工的玫瑰也會凋零的。這回任何一束什麼花，我也決意不再製造了，那種逼迫人家眼睛墮落的差事，需要我所沒有的勇敢，我失敗了，不知道在心裏哪一部分也受點傷。……

「我到鄉村裏來了，這回是散布知識給村裏樸實的人！××書局派我來攬買賣，兒童的書，常識大全，我簡直帶著『知識』的樣本到處走。那可愛的老太太卻問我要最新烹調的書，工作到很瘦的婦人要城市生活的小說看——你知道那種穿著晚服去戀愛的城市浪漫！

「我夜裏總找回一些矛盾的微笑回到屋裏。鄉間的老太太都是理想的母親，我生平沒有吃過更多的牛奶，睡過更軟的鴨絨被，原來手裏提著鋤頭的農人，都是這樣母親的溫柔給培養出來的力量。我愛他們那簡單的情緒和生活，好像日和夜，太陽和影子，農作和食睡，夫和婦，兒子和母親，幸福和辛苦都那樣均勻地放在天秤的兩頭。……

「這農村的嫵媚，溪流樹蔭全合了我的意，你更想不到我屋後有個什麼寶貝？一口井，老老實實舊式的一口井，早晚我都出去替老太太打水。眞的，這樣才是日子，雖然山邊沒有橄欖樹，晚上也缺個織布的機杼，不然什麼都回到我理想的以往裏去。……

「到井邊去汲水，你懂得那滋味麼？天呀，我的衣裙讓風吹得鬆散，紅葉在我頭上飛旋，這是秋天，不瞎說，我到井邊去汲水去。回來時你看著我把水罐子扛在肩上回來！」

看完信，我心裏又來了一個古典的鍾綠。

約略是三月的時候，我的朋友手裏拿本書，到我桌邊來，問我看過沒有這本新出版的書，我由抽屜中也扯出一本叫他看。他笑了，說，你知道這個作者就是鍾綠的情人。

我高興地謝了他，我說，「現在我可明白了。」我又翻出書中幾行給他看，他看了一遍，放下書默誦了一回，說：

「他是對的，他是對的，這個人實在很可愛，他們完全是瞭解的。」

此後又過了半個月光景。天氣漸漸的暖起來，我晚上在屋子裏讀書老是開著窗子，窗前一片草地隔著對面遠處城市的燈光車馬。有個晚上，很夜深了，我覺到冷，剛剛把窗子關上，卻聽到窗外有人叫我，接著有人拿沙子拋到玻璃上，我趕忙起來一看，原來草地上立著那個清癯的朋友，旁邊有個女人立在我的門前。朋友說：「你能不能下來，我們有樁事託你。」

我躡著腳下樓，開了門，在黑影模糊中聽我朋友說：「鍾綠，鍾綠她來到這裏，太晚沒有地方住，我想，或許你可以設法，明天一早她就要走的。」他又低聲向我說：「我知道你一定願意認識她。」

這事眞是來得非常突兀，聽到了那麼熟識，卻又是那麼神話的鍾綠，竟然意外地立在我的前邊，長長的身影穿著外衣，低低的半頂帽遮著半個臉，我什麼也看不清楚。我伸手和她握手，告訴她在校裏常聽到她。她笑聲地答應我說，希望她能使我失望，遠不如朋友所講的她那麼壞！

在黑夜裏，她的聲音像銀鈴樣，輕輕地搖著，末後寬柔溫好，帶點回響。

她又轉身謝謝那個朋友，率真地攬住他的肩膀說：「百羅，你永遠是那麼可愛的一個人。」

她隨了我上樓梯，我只覺到奇怪，鍾綠在我心裏始終成個古典人物，她的實際的存在，在此時反覺得荒誕不可信。

我那時是個窮學生，和一個同學住一間不甚大的屋子，恰巧同房的那幾天回家去了。我還記得那晚上我在她的書桌上，開了她那盞非常得意的淺黃色燈，還用了我們兩人共用的大紅浴衣鋪在旁邊大椅上，預備看書時蓋在腿上當毯子享用。屋子的布置本來極簡單，我們曾用盡苦心把它收拾得還有幾分趣味，衣櫥的前面我們用一大幅黑色帶金線的舊錦掛上，上面懸著一副我朋友自己刻的金色美人面具，旁邊靠牆放兩架睡榻，罩著深黃的床幔和一些靠墊，兩榻中間隔著一個薄紗的東方式屏風。窗前一邊一張書桌，各人有個書架，幾件心愛的小古董。

整個房子的神氣還很舒適，顏色也帶點古黯神祕。鍾綠進房來，我就請她坐在我們唯一的大椅上，她把帽子外衣脫下，順手把大紅浴衣披在身上說：「你眞能讓我獨占這房裏唯一的寶座麼？」不知為什麼，聽到這話，我怔了一下，望著燈下披著紅衣的她。看她裏面本來穿的是一件古銅色衣裳，腰裏一根很寬的銅質軟帶，一邊臂上似乎套著兩三副細窄的銅鐲子，在那紅色浴衣掩映之中，黑色古錦之前，我只覺到她由臉至踵有種神韻，一種名貴的氣息和光彩，超出尋常所謂美貌或是漂亮。她的臉稍帶橢圓，眉目清揚，有點兒南歐曼達娜的味道；眼睛深棕色，雖然甚大，卻微微有點羞澀。她的頭、臉、耳、鼻、口唇、前頸和兩隻手，則都像雕刻過的型體！每一面和她一面交接得那樣清晰，又那樣柔和，讓光和影在上面活動著。

我的小銅壺裏本來燒著茶，我便倒出一杯遞給她。這回她卻怔了說：「眞想不到這個時候有人給我茶喝，我這回眞的走到中國了。」我笑了說：「百羅告訴我你喜歡到井裏汲水，好，我就喜歡泡茶。各人有她傳統的嗜好，不容易改掉。」就在那時候，她的兩唇微微地一抿，像朵花，由含苞到開放，毫無痕跡地輕輕地張開，露出那一排貝殼般的牙齒，我默默地在心裏說，我這一生總可以說眞正的見過一個稱得起美人的人物了。

「你知道，」我說，「學校裏誰都喜歡說起你，你在我心裏簡直是個神話人物，不，簡直是古典人物；今天你的來，到現在我還信不過這事的實在性！」

她說：「一生裏事大半都好像做夢。這兩年來我飄泊慣了，今天和明天的事多半是不相連續的多；本來現實本身就是一串不一定能連續而連續起來的荒誕。什麼事我現在都能相信得過，尤其是此刻，夜這麼晚，我把一個從來未曾遇見過的人的清靜打斷了，坐在她屋裏，喝她幾千里以外寄來的茶！」

那天晚上，她在我屋子裏不止喝了我的茶，並且在我的書架上搬弄了我的書，我的許多相片，問了我一大堆話，告訴我她有個朋友喜歡中國的詩——我知道那就是那青年作家，她的情人，可是我沒有問她。她就在我屋子中間小小燈光下愉悅地活動著，一會兒立在洛陽造像的墨拓前默了一會，停一刻又走過，用手指柔和地，順著那金色面具的輪廓上抹下來，她搬弄我桌上的唐陶俑和圖章。又問我壁上銅劍的銘文。純淨的型和線似乎都在引逗起她的興趣。

一會兒她倦了，無意中伸個懶腰，慢慢地將身上束的腰帶解下，自然地，活潑地，一件一件將自己的衣服脫下，裸露出她雕刻般驚人的美麗。我看著她耐性地，細緻地，解除臂上的銅鐲，又用刷子刷她細柔的頭髮，來回地走到浴室裏洗面又走出來。她的美當然不用講，我驚訝的是她所有舉動，全個體態，都是那樣的有個性，奏著韻律。我心裏想，自然舞蹈班中幾個美體的同學，和我們人體畫班中最得意的兩個模特，明蒂和蘇茜，她們的美實不過是些淺顯的柔和及妍麗而已，同鍾綠眞無法比較得來。我忍不住興趣地直爽地笑對

是在樓梯邊上坐著，到了十點半，她也一定咳嗽的。

鍾綠笑了說：「你的意思是從孔子廟到自由神中間並無多大距離！」那時我睡在床上和她談天，屋子裏僅點一盞小燈。她披上睡衣，替我開了窗，才回到床上抱著膝蓋抽菸，在一小閃光底下，她努著嘴噴出一個一個的煙圈，我又疑心我在做夢。

「我頂希望有一天到中國來，」她說，手裏撥弄床前我的夾旗袍，「我還沒有看見東方的蓮花是什麼樣子。我頂愛坐帆船了。」

我說，「我和你約好了，過幾年你來，挑個山茶花開遍的時節，我給你披上一件長袍，我一定請你坐我家鄉裏最浪漫的帆船。」

「如果是個月夜，我還可以替你彈一曲希臘的絃琴。」

「也許那時候你更願意死在你的愛人懷裏！如果你的他也來。」我逗著她。

她忽然很正經地卻用最柔和的聲音說：「我希望有這福氣。」

就這樣說笑著，我朦朧地睡去。

到天亮時，我覺得有人推我，睜開了眼，看她已經穿好了衣裳，收拾好皮包，俯身下來和我作別。

「再見了，好朋友，」她又淘氣地撫著我的頭，「就算你做個夢吧。現在你信不信昨夜答應過人，要請她坐帆船？」

可不就像一個夢，我瞇著兩隻眼，問她為何起得這樣早。她告訴我要趕六點十分的車到鄉下去，約略一個月後，或許回來，那時一定再來看我。她不讓我起來送她，無論如何要我答應她，等她一走就閉上眼睛再睡。

於是在天色微明中，我只再看到她歪著一頂帽子，倚在屏風旁邊嫵媚地一笑，便轉身走出去了。一個月以後，她沒有回來，其實等到一年半後，我離開××時，她也沒有再來過這城的。我同她的友誼就僅僅限於那麼一個短短的半夜，所以那天晚上是我第一次，也就是最末次，會見了鍾綠。但是即使以後我沒有再得到關於她的種種悲慘的消息，我也知道我是永遠不能忘記她的。

那個晚上以後，我又得到她的消息時，約在半年以後，百羅告訴我說：

「鍾綠快要出嫁了。她這種的戀愛眞能使人相信人生還有點意義，世界上還有一點美存在。這一對情人上禮拜堂去，的確要算上帝的榮耀。」

我好笑憂鬱的百羅說這種話，卻是私下裏也的確相信鍾綠披上長紗會是一個奇美的新娘。那時候我也很知道一點新郎的樣子和脾氣，並且由作品裏我更知道他留給鍾綠的情緒，私下裏很覺到鍾綠幸福。至於他們的結婚，我倒覺得很平凡；我不時嘆息，想像到鍾綠無條件地跟著自然規律走，慢慢地變成一個妻子，一個母親，漸漸離開她現在的樣子，變老，變醜，到了我們從她臉上身上再也看不出她現在的雕刻般的奇蹟來。

誰知道事情偏不這樣的經過，鍾綠的愛人竟在結婚的前一星期驟然死去，聽說鍾綠那時正在試著嫁衣，得著電話沒有把衣服換下，便到醫院裏暈死過去在她未婚新郎的胸口上。當我得到這個消息時，鍾綠已經到法國去了兩個月，她的情人也已葬在他們本來要結婚的禮拜堂後面。

因爲這消息，我卻時常想起鍾綠試裝中世紀尼姑的故事，有點兒迷信預兆。美人自古薄命的話，更好像有了憑據。但是最使我感慟的消息，還在此後兩年多。

當我回國以後，正在家鄉遊歷的時候，我接到百羅一封長信，我眞是沒有想到鍾綠竟死在一條帆船上。關於這一點，我始終疑心這個場面，多少有點鍾綠自己的安排，並不見得完全出自偶然。那天晚上對著一江清流，茫茫暮靄，我獨立在岸邊山坡上，看無數小帆船順風飄過，忍不住淚下如雨，坐下哭了。

我耳朵裏似乎還聽見鍾綠銀鈴似的溫柔的聲音說：「就算你做個夢，現在你信不信昨夜答應過請人坐帆船？」

——原載於一九三五年六月十六日《大公報．文藝副刊》第一五六期

模影零篇——吉公

二三十年前，每一個老派頭舊家族的宅第裏面，竟可以是一個縮小的社會；內中居住著種種色色的人物，他們錯綜的性格，興趣，和瑣碎的活動，或屬於固定的，或屬於偶然的，常可以在同一個時間裏，展演如一部戲劇。

我的老家，如同當時其他許多家庭一樣，在現在看來，盡可以稱它做一個舊家族。那個並不甚大的宅子裏面，也自成一種社會縮影。我同許多小孩子既在那中間長大，也就習慣於裏面各種錯綜的安排和糾紛；像一條小魚在海灘邊生長，習慣於種種螺殼，蛤蜊，大魚，小魚，司空見慣，毫不以那種戲劇性的集聚為稀奇。但是事隔多年，有時反覆回味起來，當時的情景反倒十分迫近。眼裏顏色濃淡鮮晦，不但記憶浮沉馳騁，情感竟亦在不知不覺中重新伸縮，彷彿有所活動。

不過那大部的戲劇此刻卻並不在我念中，此刻吸引我回想的僅是那大部中一小部，那錯綜的人物中一個人物。

他是我們的舅公，這事實是經「大人們」指點給我們一羣小孩子知道的。於是我們都叫他做「吉公」，並不疑問到這事實的確實性。但是大人們卻又在其他的時候裏，間接的或直接的，告訴我們，他並不是我們的舅公的許多話！凡屬於故事的話，當然都更能深入孩子的記憶裏，這舅公的來歷，就永遠的在我們心裏留下痕跡。

「吉公」是外曾祖母抱來的孩子；這故事一來就有些曲折，給孩子們許多想像的機會。外曾祖母本來自己是有個孩子的，據大人們所講，他是如何的聰明，如何的長得俊！可惜在他九歲的那年一個很熱的夏天裏，竟然「出了事」。

故事是如此的：他和一個小朋友，玩著抬起一個舊式的大茶壺桶，嘴裏唱著土白的山歌，由供著神位的後廳抬到前面正廳裏去……（我們心裏在這裏立刻浮出一張鮮明的圖畫：兩個小孩子，赤著膊；穿著挑花大紅肚兜，抬著一個朱漆木桶；裏面裝著一個白錫鑲銅的大茶壺；多少兩的粗茶葉，泡得滾熱的；——）但是悲劇也就發生在這幅圖畫後面，外曾祖父手裏拿著一根旱煙管，由門後出來，無意中碰倒了一個孩子，事兒就壞了！那無可償補的悲劇，就此永遠嵌進那溫文儒雅讀書人的生命裏去。

這個吉公用不著說是抱來替代那慘死去的聰明孩子的。但這是又過了十年，外曾祖母已經老了，祖母已將出閣時候的事。講故事的誰也沒有提到吉公小時是如何長得聰明美麗的話。如果講到吉公小時的情形，且必用一點嘆息的口氣說起這吉公如何的頑皮，如何的不愛念書，尤其是關於學問是如何的沒有興趣，長大起來，他也始終不能去參加他們認爲光榮的考試。

就一種理論講，我們自己既在那裏讀書學做對子，聽到吉公不會這門事，在心理上對吉公發生了一點點輕視並不怎樣不合理。但是事實上我們不止對他的感情總是那麼柔和，時常且對他發生不少的驚訝和欽佩。

吉公住在一個跨院的舊樓上邊。不止在現時回想起來，那地方是個浪漫的去處，就是在當時，我們也未嘗不覺到那一曲小小的舊廊，上邊斜著吱吱啞啞的那麼一道危梯，是非常有趣味的。

我們的境界既被限制在一所四面有圍牆的宅子裏，那活潑的孩子心有時總不肯在單調的生活中磋磨過去，故必定竭力的，在那限制的範圍以內尋覓新鮮。在一片小小的地面上，我們認爲最多變化，最有意思的，到底是人：凡是有人住的，無論哪一個小角落裏，似乎都藏著無數的奇異，我們對它便都感著極大興味。所以挑水老李住的兩間平房，遠在茶園子的後門邊，和退休的老陳媽所看守的廚房以外一排空房，在我們尋覓新鮮的活動中，或可以說長成的過程中，都是絕對必需的。吉公住的那小跨院的舊樓，則更不必說了。

在那樓上，我們所受的教育，所吸取的知識，許多確非負責我們教育的大人們所能想像得到的。隨便說吧，最主要的就有自鳴鐘的機輪的動作，世界地圖，油畫的外國軍隊軍艦，和照相技術的種種，但是最要緊的還是吉公這個人，他的生平，他的樣子，脾氣，他自己對於這些新知識的興趣。

吉公已是中年人了，但是對於種種新鮮事情的好奇，卻還活像個孩子。在許多人跟前，他被認爲是個不讀書不上進的落魄者，所以在舉動上，在人前時，他便習慣於慚愧，謙卑，退讓，拘束的神情，惟獨回到他自己的舊樓上，他才恢復過來他種種生成的性格，與孩子們和藹天眞地接觸。

在樓上他常快樂地發笑；有時爲著玩弄小機器一類的東西，他還會帶著嘲笑似的，罵我們遲笨——在人前，這些便是絕不可能的事。用句現在極普通的語言講，吉公是個有「科學的興趣」的人，那個小小樓屋，便是他私人的實驗室。但在當時，吉公只是一個不喜歡做對子讀經書的落魄者，那小小角隅實是祖母用著布施式的仁慈和友愛的含忍，讓出來給他消磨無用的日月的。

夏天裏，約略在下午兩點的時候。那大小幾十口複雜的家庭裏，各人都能將他一份事情打發開來，騰出一點時光睡午覺。小孩們有的也被他們母親或看媽抓去橫睡在又熱又悶氣的床頭一角裏去。在這個時候，火似的太陽總顯得十分寂寞，無意義地罩著一個兩個空院；一處兩處洗曬的衣裳；剛開過飯的廚房；或無人用的水缸。在清靜中，喜鵲大膽地飛到地面上，像人似的來回走路，尋覓零食，花貓黃狗全都蜷成一團，在門檻旁把頭睡扁了似的不管事。

我喜歡這個時候，這種寂寞對於我有說不出的滋味。飯吃過，隨便在哪個蔭涼處待著，用不著同伴，我就可以尋出許多消遣來。起初我常常一人走進吉公的小跨院裏去，並不為的找吉公，只站在門洞裏吹穿堂風，或看那棵大柚子樹的樹蔭罩在我前面來回地搖晃。有一次我滿以爲周圍只剩我一人的，忽然我發現廊下有個長長的人影，不覺一驚。順著人影偷著看去，我才知道是吉公一個人在那裏忙著一件東西。他看我走來便向我招手。

原來這時間也是吉公最寶貴的時候，不輕易拿來糟蹋在午睡上面。我同他的特殊的友誼便也建築在這點點同情上。他告我他私自學會了照相，家裏新買到一架照相機已交給他嘗試。夜裏，我是看見過的，他點盞紅燈，沖洗那種舊式玻璃底片，白日裏他一張一張耐性地曬片子，這還是第一次讓我遇到！那時他好脾氣地指點給我一個人看，且請我幫忙，兩次帶我上樓取東西。平常孩子們太多他沒有工夫講解的道理，此刻慢吞吞地也都和我講了一些。

吉公樓上的屋子是我們從來看不厭的，裏面東西實在是不少，老式鐘表就有好幾個，都是親戚們託他修理的，有的是解散開來臥在一個盤子裏，等他一件一件再細心地湊在一起。桌上竟還放著一副千里鏡，牆上滿掛著許多很古怪翻印的油畫，有的是些外國皇族，最多還是有槍炮的普法戰爭的圖畫，和一些火車輪船的影片以及大小地圖。

「吉公，誰教你怎麼修理鐘的？」

吉公笑了笑，一點不驕傲，卻顯得更謙虛的樣子，努一下嘴，嘆口氣說：「誰也沒有教過吉公什麼！」

「這些機器也都是人造出來的，你知道！」他指著自鳴鐘，「誰要喜歡這些東西儘可拆開來看看，把它弄明白了。」

「要是拆開了還不大明白呢？」我問他。

他更沉思地嘆息了。

「你知道，吉公想大概外國有很多工廠教習所，教人做這種靈巧的機器，憑一個人的聰明一定不會做得這樣好。」說話時吉公帶著無限的悵惘。我卻沒有聽懂什麼工廠什麼教習所的話。

吉公又說：「我那天到城裏去看一個洋貨鋪，裏面有個修理鐘表的櫃檯，你說也眞奇怪，那個人在那裏弄個鐘，許多地方還沒吉公明白呢！」

在這個時候，我以爲吉公盡可以驕傲了，但是吉公的臉上此刻看去卻更慘淡，眼睛正望著壁上火輪船的油畫看。

「這些鐘表實在還不算有意思。」他說，「吉公想到上海去看一次火輪船，那種大機器轉動起來夠多有趣？」

「偉叔不是坐著那麼一個上東洋去了麼？」我說，「你等他回來問問他。」

吉公苦笑了。「傻孩子，偉叔是讀書人，他是出洋留學的，坐到一個火輪船上，也不到機器房裏去的，那裏都是粗的工人火伕等管著。」

「那你呢？難道你就能跑到粗人火伕的機器房裏去？」孩子們受了大人影響，懷疑到吉公的自尊心。

「吉公喜歡去學習，吉公不在乎那些個，」他笑了，看看我爲他十分著急的樣子，忙把話轉變一點安慰我說：「在外國，能幹的人也有專管機器的，好比船上的船長吧，他就也得懂機器還懂地理。軍官吧，他就懂炮車裏機器，盡念古書不相干的，洋人比我們能幹，就爲他們的機器……」

這次吉公講的話很多，我都聽不懂，但是我怕他發現我太小不明白他的話，以後不再要我幫忙，故此一直勉強聽下去，直到吉公記起廊下的相片，跳起來拉了我下樓。

又過了一些日子，吉公的照相頗博得一家人的稱讚，尤其是女人們喜歡得了不得。天好的時候，六嬸娘找了幾位妯娌，請祖母和姑媽們去她院裏照相。六嬸娘梳著油光的頭，眉目細細地淡淡地畫在她的白皙臉上，就同她自己畫的蘭花一樣有幾分勉強。她的院裏有幾棵梅花，幾竿竹，一個月門，還有一堆假山，大家都認爲可以入畫的景致。但照相前，各人對於陳設的準備，也和吉公對於照相機底片等等的部署一般繁重。嬸娘指揮丫頭玉珍，花匠老王，忙著擺茶几，安放細緻的水煙袋及茶杯。前面還要排著講究的盆花，然後兩旁列著幾張直背椅，各人按著輩分、歲數各各坐成一個姿勢，有時還拉著一兩個孩子做襯托。

在這種時候，吉公的頭與手在他黑布與機器之間耐煩地周旋著。周旋到相當時間，他認爲已經到達較完滿的程度，才把頭伸出觀望那被攝影的人眾。每次他有個新穎的提議，照相的人們也就有說有笑的起勁。這樣祖母便很驕傲起來，這是連孩子們都覺察得出的，雖然我們當時並未瞭解她的許多傷心。吉公呢，他的全副精神卻在那照相技術上邊，周圍的空氣人情並不在他注意中。等到照相完了，他才微微地感到一種完成的暢適，興頭地掮著照相機，帶著一羣孩子回去。

還有比這個嚴重的時候，如同年節或是老人們的生日，或宴客，吉公的照相職務便更爲重要了。早上你到吉公屋裏去，便看得到厚厚的紅布黑布掛在窗上，裏面點著小紅燈，吉公駝著背在黑暗中來往的工作。他那種興趣，勤勞和認眞，現在回想起來，我相信如果他晚生了三十年，這個社會裏必定會有他一個結實的地位的。照相不過是他當時一個不得已的科學上活動，他對於其他機器的愛好，卻並不在照相以下。不過在實際上照相既有所貢獻於接濟他生活的人，他也只好安於這份工作了。

另一次我記得特別清楚，我那喜歡兵器、武藝的祖父，拿了許多所謂「洋槍」到吉公那裏，請他給揩擦上油。兩人坐在廊下談天，小孩子們也圍上去。吉公開一瓶橄欖油，扯點破布，來回地把玩那些我們認爲頗神祕的洋槍，一邊議論著洋船，洋炮，及其他洋人做的事。

吉公所懂得的均是具體知識，他把槍支在手裏，開開這裏，動動那裏，演講一般指手畫腳講到機器的巧妙，由槍到炮，由炮到船，由船到火車，一件一件。祖父感到驚訝了，這已經相信維新的老人聽到吉公這許多話，相當地敬服起來，微笑凝神地在那裏點頭領教。大點的孩子也都聞所未聞地睜大了眼睛；我最深的印象便是那次是祖父對吉公非常愉悅的臉色。

祖父談到航海，說起他年輕的時候，極想到外國去，聽到某處招生學洋文，保送到外洋去，便設法想去投考。但是那時他已聘了祖母，丈人方面得到消息大大的不高興，竟以要求退婚要挾他把那不高尚的志趣打消。吉公聽了，黯淡的一笑，或者是想到了他自己年少時多少的夢，也曾被這同一個讀書人給毀掉了。

他們講到蘇彝士運河，吉公便高興地，同情地，把樓上地圖拿下來，由地理講到歷史，甲午呀，庚子呀，我都是在那時第一次聽到。我更記得平常不講話的吉公當日憤慨的議論，我爲他不止一點的驕傲，雖然我不明白爲什麼他的結論總回到機器上。

但是一年後吉公離開我們家，卻並不爲著機器，而是出我們意料外地爲著一個女人。

也許是因爲吉公的照相相當的出了名，並且時常地出去照附近名勝風景，讓一些人知道了，就常有人來請他去照相。爲著對於技術的興趣，他亦必定到人家去盡義務的爲人照全家樂，或穿著朝珠補褂的單人留影。酬報則時常是些食品、果子。

有一次有人請他去，照相的卻是一位未曾出閣的姑娘，這位姑娘因在擇婿上稍稍經過點周折，故此她家裏對於她的親事常懷著悲觀。與吉公認識的是她堂房哥哥，照相的事是否這位哥哥故意地設施，家裏人後來議論得非常熱烈，我們也始終不得明瞭。要緊的是，事實上吉公對於這姑娘一家甚有好感，爲著這姑娘的相片也頗盡了些職務；我不記得他是否在相片上設色，至少那姑娘的口唇上是抹了一小點胭脂的。

這事傳到祖母耳裏，這位相信家教謹嚴的女人便不大樂意。起前[1]，她覺得一個未出閣的女子，相片交給一個沒有家室的男子手裏印洗，是不名譽不正當的。並且這女子既不是和我們同一省分，便是屬於「外江」人家的，事情尤其要謹慎。在這糾紛中，我才又得聽到關於吉公的一段人生悲劇。多少年前他是曾經娶過妻室的，一位年輕美貌的妻子，並且也生過一個孩子，卻在極短的時間內，母子兩人全都死去。這事除卻在吉公一人的心裏，這兩人的存在幾乎不在任何地方留下一點憑據。

現在這照相的姑娘是吉公生命裏的一個新轉變，在他單調的日月裏開出一條路來。不止在人情上吉公也和他人一樣需要異性的關心和安慰，就是在事業的野心上，這姑娘的家人也給吉公以不少的鼓勵，至少到上海去看火輪船的夢

1起前：即起先，最初、一開始之意。

是有了相當的擔保，本來悠長沒有著落的日子，現在是驟然地點上希望。雖然在人前吉公仍是沉默，到了小院裏他卻開始愉快地散步；注意到柚子樹又開了花；晚上有沒有月亮；還買了幾條金魚養到缸裏。在樓上他也哼哼一點調子，把風景照片鑲成好看的框子，零整地拿出去託人代售。有時他還整理舊箱子；多少年他沒有心緒翻檢的破舊東西，現在有時也拿出來放在床上、椅背上，儘小孩子們好奇地問長問短，他也滿不在乎了。

忽然突兀地他把婚事決定了，也不得我祖母的同意，便把吉期選好，預備去入贅。祖母生氣到默不作聲，只退到女人家的眼淚裏去，嗚咽她對於這弟弟的一切失望。家裏人看到舅爺很不體面地，到外省人家去入贅，帶著一點箱籠什物，自然也有許多與祖母表同情的。但吉公則終於離開那所浪漫的樓屋，去另找他的生活了。

那布著柚子樹蔭的小跨院漸漸成爲一個更寂寞的角隅，那道吱吱啞啞的木梯從此便沒有人上下，除卻小孩子們有時淘氣，上到一半又趕忙下來。現在想來，我不能不稱讚吉公當時那一點掙扎的活力，能不甘於一種平淡的現狀。那小樓只能塵封吉公過去不幸的影子，卻不能把他給活埋在裏邊。

吉公的行爲既是叛離親族，在舊家庭裏許多人就不能容忍這種的不自尊。他婚後的行動，除了帶著新娘來拜過祖母外，其他事情便不聽到有人提起！似乎過了不久的時候，他也就到上海去，多少且與火輪船有關係。有一次我曾大膽地問過祖父，他似乎對於吉公是否在火輪船做事沒有多大興趣，完全忘掉他們一次很融洽的談話。在祖母生前，吉公也還有來信，但到她死後，就完全地杳然消失，不通音問了。

兩年前我南下，回到幼年居住的城裏去，無意中遇到一位遠親，他告訴我吉公住在城中，境況非常富裕；子女四人，在各個學校裏讀書，對於科學都非常嗜好，尤其是內中一個，特別聰明，屢得學校獎金等等。於是我也老聲老氣地發出人事的感慨。如吉公自己生早了三四十年，我說，我希望他這個兒子所生的時代與環境合適於他的聰明，能給他以發展的機會不再復演他老子的悲劇。並且在生命的道上，我祝他早遇到同情的鼓勵，敏捷地達到他可能的成功。這得失且並不僅是吉公個人的，而可以計算作我們這老朽的國家的。

至於我會見到那六十歲的吉公，聽到他離開我們家以後一段奮鬥的歷史，這裏實沒有細講的必要，因爲那中年以後不經過訓練，自己琢磨出來的機器師，他的成就必定是有限的。縱使他有相當天賦的聰明，他亦不能與太不適當的環境搏鬥。由於愛好機器，他到輪船上做事，到碼頭公司裏任職，更進而獨立地創辦他的小規模絲織廠，這些全同他的照相一樣，僅成個實際上能博取物質勝利的小事業，對於他精神上超物質的興趣，已不能有所補助，有所啓發。年老了，當時的聰明一天天消失，所餘僅是一片和藹的平庸和空虛。認眞地說，他仍是個失敗者。如果迷信點的話，相信上天或許要償補給吉公他一生的委屈，這下文的故事，就該應在他那個聰明孩子和我們這個時代上。但是我則仍然十分懷疑。

——原載於一九三五年八月十一日《大公報·文藝副刊》第一六四期

模影零篇——文珍

家裏在複雜情形下搬到另一個城市去，自己是多出來的一件行李。大約七歲，似乎已長大了，篁姊同家裏商量接我到她處住半年，我便被送過去了。

起初一切都是那麼模糊，重疊的一堆新印象亂在一處；老大的舊房子，不知有多少老老少少的人，樓，樓上幢幢的人影，嘈雜陌生的聲音，假山，繞著假山的水池，很講究的大盆子花，菜圃，大石井，紅紅綠綠小孩子，穿著很好看或粗糙的許多婦人圍著四方桌打牌的，在空屋裏養蠶的，曬乾菜的，生活全是那麼混亂繁複和新奇。自己卻總是孤單，怯生，寂寞。積漸地在紛亂的周遭中，居然掙扎出一點頭緒，認到一個凝固的中心，在寂寞焦心或怯生時便設法尋求這中心，抓緊它，旋繞著它，要求一個孩子所迫切需要的保護，溫暖，和慰安。

這凝固的中心便是一個約摸十七歲年齡的女孩子。她有個苗條身材，一根很黑的髮辮，扎著大紅絨繩。兩隻靈活眞叫人喜歡黑晶似的眼珠；和一雙白皙輕柔無所不會的手。她叫做文珍。人人都喊她文珍，不管是梳著油光頭的婦女，扶著拐杖的老太太，剛會走路的「孫少」，老媽子或門房裏人！

文珍隨著喊她的聲音轉，一會兒在樓上牌桌前張羅，一會兒下樓穿過廊子不見了，又一會兒是哪個孩子在後池釣魚，喊她去尋釣竿，或是另一個迫她到園角攀摘隔牆的還不熟透的桑椹。一天之中這扎著紅絨繩的髮辮到處可以看到，跟著便是那靈活的眼珠。本能的，我知道我尋著我所需要的中心，和駱駝在沙漠中望見綠洲一樣。清早上寂寞地踱出院子一邊望著銀紅陽光射在藤蘿葉上，一邊卻盼望著那扎著紅絨繩的辮子快點出現。湊巧她過來了；花布衫熨得平平的，就有補的地方，也總是剪成如意或桃子等好玩的式樣，雪白的襪子，青布的鞋，輕快地走著路，手裏持著一些老太太早上需要的東西，開水，臉盆或是水煙袋，看著我，她就和藹親切地笑笑：

「怎麼不去吃稀飯？」

難爲情地，我低下頭。

「好吧，我帶你去。盡怕生不行的呀！」

感激的我跟著她走。到了正廳後面（兩張八仙桌上已有許多人在吃早飯），她把東西放在一旁，攜著我的手到了中間桌邊，順便地喊聲：「五少奶，起得眞早！」等五少奶轉過身來，便更柔聲地說：「小客人還在怕生呢，一個人在外邊吹著，也不進來吃稀飯！」於是把我放在五少奶旁邊方凳上，她自去大鍋裏盛碗稀飯，從桌心碟子裏夾出一把油炸花生，揀了一角有紅心的鹽鴨蛋放在我面前，笑了一笑走去幾步，又回頭來，到我耳朵邊輕輕地說：

「好好地吃，吃完了，找阿元玩去，他們早上都在後池邊看花匠做事，你也去。」或是：「到老太太後廊子找我，你看不看怎樣夾燕窩？」

紅絨髮辮暫時便消失了。

太陽熱起來，有天我在水亭子裏睡著了，睜開眼正是文珍過來把我拉起來，「不能睡，不能睡，這裏又是日頭又是風的，快給我進去喝點熱茶。」害怕的我跟著她去到小廚房，看著她拿開水沖茶，聽她嘴裏哼哼地唱著小調。篁姊走過看到我們便喊：「文珍，天這麼熱你把她帶到小廚房裏做什麼？」我當時真怕文珍生氣，文珍卻笑嘻嘻地：「三少奶奶，你這位妹妹真怕生，總是一個人悶著，今天又在水亭裏睡著了，你給她想想法子解解悶，這裏怪難爲她的。」

篁姊看看我說：「怎麼不找那些孩子玩去？」我沒有答應出來，文珍在簞姊背後已對我擠了擠眼，我感激地便不響了。簞姊走去，文珍拉了我的手說：「不要緊，不找那些孩子玩時就來找我好了，我替你想想法子。你喜歡不喜歡拆舊衣衫？我給你一把小剪子，我教你。」

於是面對面我們兩人有時便坐在樹蔭下拆舊衣，我不會時她就叫我幫助她拉著布，她一個人剪，一邊還同我講故事。指著大石井，她說：「文環比我大兩歲，長得頂好看了，好看的人沒有好命，更可憐！我的命也不好，可是我長得老實樣，沒有什麼人來欺侮我。」文環是跳井死的丫頭，這事發生在我未來這家以前，我就知道孩子們到了晚上，便互相逗著說文環的鬼常常在井邊來去。

「文環的鬼眞來麼？」我問文珍。

「這事你得問芳少爺去。」

我怔住不懂，文珍笑了，「小孩子還信鬼麼？我告訴你，文環的死都是芳少爺不好，要是有鬼她還不來找他算賬，我看，就沒有鬼，文環白死了！」我仍然沒有懂，文珍也不再往下講了，自己好像不勝感慨的樣子。

過一會她忽然說：

「芳少爺講書倒講得頂好了，我替你出個主意，等他們早上講詩的時候，你也去聽。背詩挺有意思的，明天我帶你去聽。」

到了第二天她果然便帶了我到東書房去聽講詩。八九個孩子看到文珍進來，都看著芳哥的臉。文珍滿不在乎地坐下，芳哥臉上卻有點兩樣，故作鎮定地向著我說：

「小的孩子，要聽可不准鬧。」我望望文珍，文珍抿緊了嘴不響，打開一個布包，把兩本唐詩放在我面前，輕輕地說：「我把書都給你帶來了。」

芳哥選了一些詩，叫大的背誦，又叫小的跟著唸；又講李太白怎樣會喝酒的故事。文珍看我已經很高興地在聽下去，自己便輕腳輕手地走出去了。此後每天我學了一兩首新詩，到晚上就去找文珍背給她聽，背錯了她必提示我，每背出一首她還替我抄在一個本子裏——如此文珍便做了我的老師。

五月節中文珍裹的粽子好，做的香袋更是特別出色，許多人便託她做，有的送她緞面鞋料，有的給她舊布衣衫，她都一臉笑高興地接收了。有一天在她屋子裏玩，我看到她桌子上有個古怪的紙包；我問她裏邊是些什麼，她也很稀奇地說連她都不知道。我們兩人好奇地便一同打開看。原來裏邊裹著是一把精緻的摺扇，上面畫著兩三朵菊花，旁邊細細地寫著兩行詩。

「這可怪了，」她喊了起來，接著眼珠子一轉，彷彿想起什麼了，便輕聲地罵著，「鬼送來的！」

聽到鬼，我便聯想到文環，忽然恍然，有點明白這是誰送來的！我問她可是芳哥？她望著我看看，輕輕拍了我一下，好脾氣地說：「你這小孩子家好懂事，可是，」她轉了一個口吻，「小孩子家太懂事了，不好的。」過了一會，看我好像很難過，又笑逗著我：「好嬌氣，一句話都吃不下去！輕輕說你一句就值得噘著嘴這半天！以後怎做人家兒媳婦？」我羞紅了臉便和她鬧，半懂不懂地大聲唸扇子上的詩。這下她可眞急了，把扇子奪在手裏說：「你看我稀罕不稀罕爺們的東西！死了一個丫頭還不夠呀？」一邊說一邊狠狠地把扇子撕個粉碎，伏在床上哭起來了。

我從來沒有想到文珍會哭的，這一來我慌了手腳，爬在她背上搖她，一直到自己也哭了，她才回過頭來說，「好小姐，這是怎麼鬧的，快別這樣了。」替我擦乾了眼淚，又哄了我半天。一共做了兩個香包才把我送走。

在夏天有一個薄暮裏大家都出來到池邊乘涼看荷花，小孩子忙著在後園裏捉螢火蟲，我把文珍也拉去繞著假山竹林子走，一直到了那扇永遠鎖閉著的小門前邊。阿元說那邊住的一個人家是革命黨，我們都問革命黨是什麼樣子。要爬在假山上面往那邊看。文珍第一個上去，阿元接著把我推上去。等到我的腳自己能立穩的時候，我才看到隔壁院裏一個剪髮的年輕人，仰著頭望著我們笑。文珍急著要下來，阿元卻正擋住她的去路。阿元上到山頂冒冒失失地便向著那人問：「喂，喂，我問你，你是不是革命黨呀？」那人皺一皺眉又笑了笑，問阿元敢不敢下去玩，文珍生氣了說阿元太頑皮，自己便先下去把我也接下去走了。

過了些時，我發現這革命黨鄰居已同阿元成了至交，時常請阿元由牆上過去玩，他自己也越牆過來同孩子們玩過一兩次。他是個東洋留學生，放暑假回家的，很自然地我注意到他注意文珍，可是一切事在我當時都是一片模糊，莫名其所以的。文珍一天事又那麼多，有時被孩子們糾纏不過，總躲了起來在樓上挑花做鞋去，輕易不見她到花園裏來玩的。

可是忽然間全家裏空氣突然緊張，大點的孩子被二少奶老太太傳去問話；

我自己也被箟姊詢問過兩次關於小孩子們爬假山結交革命黨的事，但是每次我都咬定了不肯說有文珍在一起。在那種大家庭裏廝混了那麼久，我也積漸明白做丫頭是怎樣與我們不同，雖然我卻始終沒有看到文珍被打過。

經過這次事件以後，文珍漸漸變成沉默，沒有先前活潑了。多半時候都在正廳耳房一帶，老太太的房裏或是南樓上，看少奶奶們打牌。僅在箟姊生孩子時，晚上過來陪我剪花樣玩，幫我寫兩封家信。看她樣子好像很不高興。

中秋前幾天阿元過來；報告我說家裏要把文珍嫁出去，已經說妥了人家，一個做生意的，長街小錢莊裏管賬的，聽說文珍認得字，很願意娶她，一過中秋便要她過門，我一面心急文珍要嫁走，卻一面高興這事的新鮮和熱鬧。

「文珍要出嫁了！」這話在小孩子口裏相傳著。但是見到文珍我卻沒有勇氣問她。下意識地，我也覺到這樁事的不妙；一種黯淡的情緒籠罩著文珍要被嫁走的新聞上面。我記起文珍撕扇子那一天的哭，我記起我初認識她時她所講的文環的故事，這些記憶牽牽連連地放在一起，都似乎叫我非常不安。到後來我忍不住了，在中秋前兩夜大月亮和桂花香中看文珍正到我們天井外石階上坐著時，上去坐在她旁邊，無暇思索地問她：

「文珍，我同你說。你眞要出嫁了麼？」

文珍抬頭看看樹枝中間月亮：「她們要把我嫁了！」

「你願意麼？」

「什麼願意不願意的，誰大了都得嫁不是？」

「我說是你願意嫁給那麼一個人家麼？」

「爲什麼不？反正這裏人家好，於我怎麼著？我還不是個丫頭，穿得不好，說我不愛體面，穿得整齊點，便說我閒話，說我好打扮，想男子！……說我……」

她不說下去，我也默然不知道說什麼。

「反正，」她接下去說，「丫頭小的時候可憐，好容易捱大了，又得遭難！不嫁老在那裏磨著，嫁了不知又該受些什麼罪！活該我自己命苦，生在凶年……親爹嬸背了出來賣給人家！」

我以為她又哭了，她可不，忽然立了起來，上個小山坡，踮起腳來連連折下許多桂花枝，拿在手裏嗅著。

「我就嫁！」她笑著說，「她們給我說定了誰，我就嫁給誰！管他呢，命要不好，遇到一個醉漢打死了我，不更乾脆？反正，文環死在這井裏，我不能再在他們家上吊！這個那個都待我好，可是我可伺候夠了，誰的事我不做一堆？不待我好，難道還要打我？」

「文珍，誰打過你？」我問。

「好，文環不跳到井裏去了麼，誰現在還打人？」她這樣回答，隨著把手裏桂花丟過一個牆頭，想了想，笑起來。我是完全地莫名其妙。

「現在我也大了，閒話該輪到我了，」她說了又笑，「隨他們說去，反正是個丫頭，我不怕！……我要跑就跑，跟賣布的，賣糖糕的，賣餛飩的，擔臭豆腐挑子沿街喊的，出了門就走了！誰管得了我？」她放聲地咭咭呱呱地大笑起來，兩隻手拿我的額髮辮著玩。

我看她高興，心裏舒服起來。尋常女孩子家自己不能提婚姻的事，她竟說要跟賣臭豆腐的跑了，我暗暗稀罕她說話的膽子，自己也跟說瘋話：「文珍，你跟賣餛飩的跑了，會不會生個小孩子也賣餛飩呀？」

文珍的臉忽然白下來，一聲不響。

××錢莊管賬的來拜節，有人一直領他到正院裏來，小孩們都看見了。這人穿著一件藍長衫，罩一件青布馬褂，臉色烏黑，看去眞像有了四十多歲，背還有點駝，指甲長長的，兩隻手老筒在袖裏，頑皮的大孩子們眼睛骨碌碌地看著他，口上都在輕輕地叫他新郎。

我知道文珍正在房中由窗格子裏可以看得見他，我就跑進去找尋，她卻轉到老太太床後拿東西，我跟著纏住，她總一聲不響。忽然她轉過頭來對我親熱的一笑，輕輕地，附在我耳後說，「我跟賣餛飩的去，生小孩，賣小餛飩給你吃。」說完噗哧地稍稍大聲點笑。我樂極了就跑出去。但所謂「新郎」卻已經走了，只聽說人還在外客廳旁邊喝茶，商談親事應用的茶禮，我也沒有再出去看。

此後幾天，我便常常發現文珍到花園裏去，可是幾次，我都找不著她，只有一次我看見她從假山後那小路回來。

「文珍你到哪裏去？」

她不答應我，僅僅將手裏許多雜花放在嘴邊嗅，拉著我到池邊去說替我打扮個新娘子，我不肯，她就回去了。

又過了些日子我家來人接我回去，晚上文珍過來到我房裏替箮姊收拾我的東西。看見房裏沒有人，她把洋油燈放低了一點，走到床邊來同我說：

「我以爲我快要走了，現在倒是你先去，回家後可還記得起來文珍？」

我眼淚掛在滿臉，抽噎著說不出話來。

「不要緊，不要緊。」她說，「我到你家來看你。」

「眞的麼？」我伏在她肩上問。

「那誰知道！」

「你是不是要嫁給那錢莊管賬的？」

「我不知道。」

「你要嫁給他，一定變成一個有錢的人了，你眞能來我家麼？」

「我也不知道。」

我又哭了。文珍搖搖我，說：「哭沒有用的，我給你寫信好不好？」我點點頭，就躺下去睡。

回到家後我時常盼望著文珍的信，但是她沒有給我信。眞的革命了，許多人都跑上海去住，篁姊來我們家說文珍在中秋節後快要出嫁以前逃跑了，始終沒有尋著。這消息聽到耳裏同雷響一樣，我說不出的牽掛、擔心她。我鼓起勇氣地問文珍是不是同一個賣餛飩的跑了，篁姊驚訝地問我：

「她時常同賣餛飩的說話麼？」

我搖搖頭說沒有。

「我看，」篁姊說，「還是同那革命黨跑的！」

一年以後，我還在每個革命畫冊裏想發現文珍的情人。文珍卻從沒有給我寫過一封信。

——原載於一九三六年六月十四日《大公報・文藝副刊》第一六二期

模影零篇——繡繡

因爲時局，我的家暫時移居到××。對樓張家的洋房子樓下住著繡繡。那年繡繡十一歲，我十三。起先我們互相感覺到使彼此不自然，見面時便都先後紅起臉來，準備彼此迴避。但是每次總又同時彼此對望著，理會到對方有一種吸引力，使自己不容易立刻實行逃脫的舉動。於是在一個下午，我們便有意距離彼此不遠地同立在張家樓前，看許多人用舊衣舊鞋熱鬧地換碗。

還是繡繡聰明，害羞地由人叢中擠過去，指出一對美麗的小磁碗給我看，用祕密親暱的小聲音告訴我她想到家裏去要一雙舊鞋來換。我興奮地望著她回家的背影，心裏漾起一團愉悅的期待。不到一會子工夫，我便又佩服又喜悅地參觀到繡繡同換碗的販子一段交易的喜劇，變成繡繡的好朋友。

那張小小的圖畫今天還頂溫柔的掛在我的胸口。這些年了，我仍能見到繡繡的兩條髮辮繫著大紅絨繩，睜著亮亮的眼，抿緊著嘴，邊走邊跳地過來，一隻背在後面的手裏提著一雙舊鞋。挑賣磁器的販子口裏銜著旱煙，像一個高大的黑影，籠罩在那兩簇美麗得同雲一般各色磁器的擔子上面！一些好奇的人都伸過頭來看。「這麼一點點小孩子的鞋，誰要？」販子堅硬的口氣由旱煙管的斜角裏呼出來。

「這是一雙皮鞋，還新著呢！」繡繡撫愛地望著她手裏舊皮鞋。那雙鞋無疑地曾經一度給過繡繡許多可驕傲的體面。鞋面有兩道鞋釦。換碗的販子終於被繡繡說服，取下口裏旱煙扣在灰布腰帶上，把鞋子接到手中去端詳。繡繡知道這機會不應該失落。也就很快地將兩隻渴慕了許多時候的小花碗捧到她手裏。但是鷹爪似的販子的一隻手早又伸了過來，將繡繡手裏夢一般美滿的兩隻小碗仍然收了回去。繡繡沒有話說，仰著緋紅的臉，眼睛潮潤著失望的光。

我聽見後面有了許多嘲笑的聲音，感到繡繡孤立的形勢和她周圍一些侮辱的壓迫，不覺起了一種不平。「你不能欺侮她小！」我聽到自己的聲音威風地在販子的脅下響，「能換就快換，不能換，就把皮鞋還給她！」販子沒有理我，也不去理繡繡，忙碌地同別人交易，小皮鞋也還夾在他手裏。

「換了吧老李，換了吧，人家一個孩子。」人羣中忽有個老年好事的人發出含笑慈祥的聲音。「倚老賣老」地他將擔子裏那兩隻小碗重新撿出交給繡繡同我：「哪，你們兩個孩子拿著這兩隻碗快走吧！」我驚訝地接到一隻碗，不知所措。繡繡卻捱過親熱的小臉扯著我的袖子，高興地笑著示意叫我同她一塊兒擠出人堆來。那老人或不知道，他那時塞到我們手裏的不止是兩隻碗，並且是一把鮮美的友誼。

自此以後，我們的往來一天比一天親密。早上我伴繡繡到西街口小店裏買點零星東西。繡繡是有任務的，她到店裏所買的東西都是油鹽醬醋，她媽媽那一天做飯所必需的物品，當我看到她在店裏非常熟識地要她的貨物了，從容地付出或找入零碎銅元同吊票時，我總是暗暗地佩服她的能幹，羨慕她的經驗。最使我驚異的則是她媽媽所給我的印象。黃瘦的，那媽媽是個極懦弱無能的女人，因爲帶著病，她的脾氣似乎非常暴躁。種種的事她都指使著繡繡去做，卻又無時無刻不咕嚕著，教訓著她的孩子。

起初我以爲繡繡沒有爹，不久我就知道原來繡繡的父親是個很闊綽的人物。他姓徐，人家叫他徐大爺，同當時許多父親一樣，他另有家眷住在別一處的。繡繡同她媽媽母女兩人早就寄住在這張家親戚樓下兩小間屋子裏，好像被忘記了的孤寡。繡繡告訴我，她曾到過她爹爹的家，那還是她那新姨娘沒有生小孩以前，她媽叫她去同爹要一點錢，繡繡說時臉紅了起來，頭低了下去，掙扎著心裏各種的羞憤和不平。我沒有敢說話，繡繡隨著也就忘掉了那不愉快的方面，抬起頭來告訴我，她爹家裏有個大洋狗非常的好，「爹爹叫它坐下，它就坐下。」還有一架洋鐘，繡繡也不能夠忘掉「鐘上面有個門」，繡繡眼裏亮起來，「到了鐘點，門會打開，裏面跳出一隻鳥來，幾點鐘便叫了幾次。」「那是——那是爹爹買給姨娘的。」繡繡又偷偷告訴了我。

「我還記得有一次我爹爹抱過我呢，」繡繡說，她常同我講點過去的事情。「那時候，我還頂小，很不懂事，就鬧著要下地，我想那次我爹一定很不高興的！」繡繡追悔地感到自己的不好，惋惜著曾經領略過又失落了的一點點父親的愛。「那時候，你太小了當然不懂事。」我安慰著她。「可是……那一次我到爹家裏去時，又弄得他不高興呢！」繡繡心裏為了這樁事，大概已不

1吊票：中國古代經常以銅鑄幣，是為銅錢，銅幣數量多了，攜帶起來沉重，故有了面額相應的銅錢吊票以為替代。

止一次地追想難過著，「那天我要走的時候，」她重新說下去，「爹爹翻開抽屜問姨娘有什麼好玩藝兒給我玩，我看姨娘沒有答應，怕她不高興便說，我什麼也不要，爹聽見就很生氣把抽屜關上，說：「不要就算了！」——這裏繡繡本來清脆的聲音顯然有點啞，「等我再想說話，爹已經起來把給媽的錢交給我，還說：「你告訴她，有病就去醫，自己亂吃藥，明日吃死了我不管！」這次繡繡傷心地對我訴說著委屈，輕輕抽噎著哭，一直坐在我們後院子門檻上玩，到天黑了才慢慢地踱回家去，背影消失在張家灰黯的樓下。

夏天熱起來，我們常常請繡繡過來喝汽水，吃藕，吃西瓜。娘把我太短了的花布衫送給繡繡穿，她活潑地在我們家裏玩，幫著大家摘菜，做涼粉，削果子做甜醬，聽國文先生講書，講故事。她的媽則永遠坐在自己窗口裏，搖著一把蒲扇，不時顫聲地喊：「繡繡！繡繡！」底下咕嚕著一些埋怨她不回家的話，「……同她父親一樣，家裏總坐不住！」

有一天，天將黑的時候，繡繡說她肚子痛，匆匆跑回家去。到了吃夜飯時候，張家老媽到了我們廚房裏說，繡繡那孩子病得很，她媽不會請大夫，急得只坐在床前哭。我家裏人聽見了就叫老陳媽過去看繡繡，帶著一劑什麼急救散。我偷偷跟在老陳媽後面，也到繡繡屋子去看她。我看到我的小朋友臉色蒼白地在一張木床上呻吟著，屋子在那黑夜小燈光下悶熱的暑天裏，顯得更凌亂不堪。那黃病的媽媽除卻交叉著兩隻手發抖地在床邊敲著，不時呼喚繡繡外，也不會爲孩子預備一點什麼適當的東西。大個子的蚊子咬著孩子的腿同手臂，大粒子汗由孩子額角沁出流到頭髮旁邊。老陳媽慌張前後地轉，拍著繡繡的背，又問徐大奶奶——繡繡的媽——要開水，要藥鍋煎藥。我偷個機會輕輕溜到繡繡床邊叫她，繡繡聽到聲音還勉強地睜開眼睛看看我作了一個微笑，吃力地低聲說，「蚊香……在屋角……勞駕你給點一根……」她顯然習慣於母親的無用。

「人還清楚！」老陳媽放心去熬藥。這邊徐大奶奶咕嚕著，「告訴你過人家的汽水少喝！果子也不好，我們沒有那命吃那個……偏不聽話，這可招了禍！……你完了小寃家，我的老命也就不要了……」繡繡在呻吟中間顯然還在哭辯著。「哪裏是那些，媽……，今早上……我渴，喝了許多泉水。」

家裏派人把我拉回去。我記得那一夜我沒得好睡，惦記著繡繡，做著種種可怕的夢。繡繡病了差不多一個月，到如今我也不知道到底患的什麼病，他們請過兩次不同的大夫，每次買過許多雜藥。她媽天天給她稀飯吃。正式的醫藥沒有，營養更是等於零的。

因爲繡繡的病，她媽媽埋怨過我們，所以她病裏誰也不敢送吃的給她。到她病將癒的時候，我天天只送點兒童畫報一類的東西去同她玩。

病後，繡繡那靈活的臉上失掉所有的顏色，更顯得異樣溫柔，差不多超塵的潔淨，美得好像畫裏的童神一般，聲音也非常脆弱動聽，牽得人心裏不能不漾起憐愛。但是以後我常常想到上帝不仁的擺布，把這麼美好敏感，能叫人愛的孩子虐待在那麼一個環境裏，明明父母雙全的孩子，卻那樣伶仃孤苦、使她比失卻怙恃更煢孑無所依附。當然我自己除卻給她一點童年的友誼，做個短時期的遊伴以外，毫無其他能力護助著這孩子同她的運命搏鬥。

她父親在她病裏曾到她們那裏看過她一趟，停留了一個極短的時間。但他因爲不堪忍受繡繡媽的一堆存積下的埋怨，他還發氣狠心地把她們母女反申斥了、教訓了，也可以說是辱罵了一頓。悻悻的他留下一點錢就自己走掉，聲明以後再也不來看她們了。

我知道繡繡私下曾希望又希望著她爹去看她們，每次結果都是出了她孩子打算以外的不圓滿。這使她很痛苦。這一次她忍耐不住了，她大膽地埋怨起她的媽，「媽媽，都是你這樣子鬧，所以爹氣走了，趕明日他再也不來了！」其實繡繡心裏同時也在痛苦著埋怨她爹。她有一次就輕聲地告訴過我：「爹爹也太狠心了，媽媽雖然有脾氣，她實在很苦的，她是有病。你知道她生過六個孩子，只剩我一個女的，從前，她常常一個人在夜裏哭她死掉的孩子，日中老是做活計，樣子同現在很兩樣；脾氣也很好的。」但是繡繡雖然告訴過我——她的朋友——她的心緒，對她母親的同情，徐大奶奶都只聽到繡繡對她一時氣憤的埋怨，因此便借題發揮起來，誇張著自己的委屈，向女兒哭鬧，謾罵。

那天張家有人聽得不過意了，進去干涉，這一來，更觸動了徐大奶奶的歇斯塔爾利亞[2]的脾氣，索性氣結地坐在地上狠命地咬牙捶胸，瘋狂似的大哭。等到我也得到消息過去看她們時，繡繡已哭到眼睛紅腫，蜷伏在床上一個角裏抽搐得像個可憐的迷路的孩子。左右一些鄰居都好奇，好事地進去看她們。我聽到出來的人議論著她們事說：「徐大爺前月生個男孩子。前幾天替孩子做滿月辦了好幾桌席，徐大奶奶本來就氣得幾天沒有吃好飯，今天大爺來又說了她同繡繡一頓，她更恨透了，巴不得同那個新的人拚命去！湊巧繡繡還護著爹，倒怨起媽來，你想，她可不就氣瘋了，拿孩子來出氣麼？」我還聽見有人爲繡繡不平，又有人說：「這都是孽債，繡繡那孩子，前世裏該了他們什麼吧？怪可憐的，那點點年紀，整天這樣捱著。你看她這場病也會不死？這不是該他們什麼還沒有還清麼！」

繡繡的環境一天不如一天，的確好像有孽債似的，她媽的暴躁比以前更迅速地加增，雖然她對繡繡的病不曾有效地維護調攝，爲著憂慮女兒的身體那煩惱的事實卻增進她的衰弱怔忡的症候，變成一個極易受刺激的婦人。爲著一點

2歇斯塔爾利亞：為英語hysteria的音譯，現今較常見的譯名為「歇斯底理」。是為精神疾病的一種，後來亦成了情緒激動、舉止失常的一種形容方式。

點事，她就得狂暴地罵繡繡。有幾次簡直無理地打起孩子來。樓上張家不勝其煩，常常干涉著，因之又引起許多不愉快的口角，給和平的繡繡更多不方便同為難。

我自認已不迷信的了，但是人家說繡繡似來還孽債的話，卻偏偏深深印在我腦子裏，讓我回味又回味著，不使我擺脫開那裏所隱示的果報輪迴之說。讀過《聊齋志異》同《西遊記》的小孩子的腦子裏，本來就裝著許多荒唐的幻想的，無意的迷信的話聽了進去便很自然發生了相當影響。此後不多時候我竟暗同繡繡談起觀音菩薩的神通來。兩人背著人描下柳枝觀音的像夾在書裏，又常常在後院向西邊虔敬地做了一些滑稽的參拜，或燒幾炷家裏的蚊香。我並且還教導繡繡暗中臨時唸「阿彌陀佛，救苦救難觀世音菩薩」，告訴她那可以解脫突來的災難。病得瘦白柔馴，乖巧可人的繡繡，於是真的常常天真地雙垂著眼，讓長長睫毛美麗地覆在臉上，合著小小手掌，虔意地喃喃向著傳說能救苦的觀音祈求一些小孩子的奢望。

「可是，小姊姊，還有耶穌呢？」有一天她突然感覺到她所信任的神明問題有點兒蹊蹺，我們兩人都是進過教會學校的——我們所受的教育，同當時許多小孩子一樣本是矛盾的。

「對了，還有耶穌！」我呆然，無法給她合理的答案。神明本身既發生了問題，神明自有公道慈悲等說也就跟著動搖了。但是一個漂泊不得於父母的寂寞孩子顯然需要可皈依的主宰的，所以據我所知道，後來觀音同耶穌竟是同時莊嚴地在繡繡心裏受她不斷地敬禮！

這樣日子漸漸過去，天涼快下來，繡繡已經又被指使著去臨近小店裏採辦雜物，單薄的後影在早晨涼風中搖曳著，已不似初夏時活潑。看到人總是含羞地不說什麼話，除卻過來找我一同出街外，也不常到我們這邊玩了。

突然的有一天早晨，張家樓下發出異樣緊張的聲浪，徐大奶奶在哭泣中銳聲氣憤地在罵著，訴著，喘著，與這銳聲相間而發的有沉重的發怒的男子口音。事情顯然嚴重。藉著小孩子身分，我飛奔過去找繡繡。張家樓前停著一輛講究的家車，徐大奶奶房間的門開著一線，張家樓上所有的僕人，廚役，打雜同老媽，全在過道處來回穿行，好奇地聽著熱鬧。屋內秩序比尋常還要紊亂，剛買回來的肉在荷葉上挺著，一把蔬菜萎靡得像一把草，搭在桌沿上，放出灶邊或菜市裏那種特有氣味，一堆碗箸，用過的同未用的，全在一個水盆邊放著。牆上美人牌香菸的月分牌已讓人碰得在歪斜裏懸著。最奇怪的是那屋子裏從來未有過的雪茄菸的氣氛。徐大爺坐在東邊木床上，緊緊鎖著眉，怒容滿面，口裏銜著菸，故作從容地抽著，徐大奶奶由鄰居裏一個老太婆同一個小腳老媽子按在一張舊藤椅上還斷續地顫聲地哭著。

當我進門時，繡繡也正拉著樓上張太太的手進來，看見我頭低了下去，眼淚顯然湧出，就用手背去擦著已經揉得紅腫的眼皮。

徐大奶奶見到人進來就銳聲地申訴起來。她向著樓上張太太：「三奶奶，你聽聽我們大爺說的沒有理的話！……我就有這麼半條老命，也不能平白讓他們給弄死！我熬了這二十多年，現在難道就這樣子把我攆出去？人得有個天理呀！……我打十七歲來到他家，公婆面上什麼沒有受過，捱過，……」

張太太望望徐大爺，繡繡也睜著大眼睛望著她的爹，大爺先只是抽著菸嚴肅地冷酷地不作聲。後來忽然立起來，指著繡繡的臉，憤怒地做個強硬的姿勢說：「我告訴你，不必說那許多廢話，無論如何，你今天非把家裏那些地契拿出來交還我不可，……這眞是豈有此理！荒唐之至！老家裏的田產地契也歸你管了，這還成什麼話！」

夫婦兩人接著都有許多駁難的話；大奶奶怨著丈夫遺棄，剋扣她錢，不顧舊情，另有所戀，不管她同孩子兩人的生活，在外同那女人浪費。大爺說他妻子，不識大體，不會做人，他沒有法子改良她，他只好提另再娶能溫順著他的女人另外過活，堅不承認有何虐待大奶奶處。提到地契，兩人各據理由爭執，一個說是那一點該是她老年過活的憑藉，一個說是祖傳家產不能由她做主分配。相持到吃中飯時分，大爺的態度愈變強硬，大奶奶卻喘成一團，由瘋狂的哭鬧，變成無可奈何的啜泣。別人已漸漸退出。

直到我被家裏人連催著回去吃飯時，繡繡始終只緘默地坐在角落裏，由無望地伴守著兩個互相仇視的父母，聽著樓上張太太的幾次清醒的公平話，尤其關於繡繡自己的地方。張太太說的要點是他們夫婦兩人應該看繡繡面上，不要過於固執。她說：「那孩子近來病得很弱，」又說：「大奶奶要留著一點點也是想到將來的事，女孩子長大起來還得出嫁，你不能不給她預備點。」她又說：「我看繡繡很聰明，下季就不進學，開春也應該讓她去補習點書。」她又向大爺提議：「我看以後大爺每月再給繡繡籌點學費，這年頭女孩不能老不上學，盡在家裏做雜務的。」

這些中間人的好話到了那生氣的兩個人耳裏，好像更變成一種刺激，大奶奶聽到時只是冷諷著：「人家有了兒子了，還顧了什麼女兒！」大爺卻說：「我就給她學費，她那小氣的媽也不見得送她去讀書呀？」大奶奶更感到冤枉了，「是我不讓她讀書麼？你自己不說過：女孩子不用讀那麼些書麼？」

無論如何，那兩人固執著偏見，急迫只顧發洩兩人對彼此的仇恨，誰也無心用理性來爲自己的糾紛尋個解決的途徑，更說不到顧慮到繡繡的一切。那時我對繡繡的父母兩人都恨透了，恨不得要同他們說理，把我所看到各種的情形全盤不平地傾吐出來，叫他們醒悟，乃至於使他們悔過，卻始終因自己年紀太小，他們情形太嚴重，拿不起力量，懦弱地抑制下來。但是當我咬著牙毒恨他們時，我偶然回頭看到我的小朋友就坐在那裏，眼睛無可奈何地向著一面，無目的愣著，忽然使我起一種很奇怪的感覺。我悟到此刻在我看去無疑問的兩個可憎可恨的人，卻是那溫柔和平繡繡的父母。我很明白即使繡繡此刻也有點恨他們，但是蒂結在繡繡溫婉的心底的，對這兩人到底仍是那不可思議的深愛！

我在惘惘中回家去吃飯，飯後等不到大家散去，我就又溜回張家樓下。這次出我意料以外的，繡繡房前是一片肅靜。外面風颸得很大，樹葉和塵土由甬道裏捲過，我輕輕推門進去，屋裏的情形使我不禁大吃一驚，幾乎失聲喊出來！方才所有放在桌上木架上的東西，現在一起打得粉碎，扔散在地面上……大爺同大奶奶顯然已都不在那裏，屋裏既無啜泣，也沒有沉重的氣憤的申斥聲，所餘僅剩蒼白的繡繡，抱著破碎的想望，無限的傷心，坐在老媽子身邊。雪茄菸氣息尚香馨地籠罩在這一幅慘淡滑稽的畫景上面。

「繡繡，這是怎麼了？」繡繡的眼眶一紅，勉強調了一下哽咽的嗓子，「媽媽不給那——那地契，爹氣了就動手扔東西，後來……他們就要打起來，隔壁大媽給勸住，爹就氣著走了……媽讓他們挾到樓上『三阿媽』那裏去了。」

小腳老媽開始用條帚把地上碎片收拾起來。

忽然在許多凌亂中間，我見到一些花磁器的殘體，我急急拉過繡繡兩人一同俯身去檢驗。

「繡繡！」我叫起來，「這不是你那兩隻小磁碗？也……讓你爹砸了麼？」

繡繡淚汪汪地點點頭，沒有答應，雲似的兩簇花磁器的擅子和初夏的景致又飄過我心頭，我捏著繡繡的手，也就默然。外面秋風搖撼著樓前的破百葉窗，兩個人看著小腳老媽子將那美麗的屍骸同其他茶壺粗碗的碎片，帶著茶葉剩菜，一起送入一個舊簸箕裏，葬在塵垢中間。

這世界上許多紛糾使我們孩子的心很迷惑，——那年繡繡十一，我十三。

終於在那年的冬天，繡繡的迷惑終止在一個初落雪的清早裏。張家樓房背後那一道河水，凍著薄薄的冰，到了中午陽光隔著層層的霧慘白的射在上面，繡繡已不用再縮著脖頸，順著那條路，迎著冷風到那裏去了！無意的她卻把她的迷惑留在我心裏，飄忽於張家樓前同小店中間直到了今日。

二十六，三，二十

——原載於一九三七年四月十八日《大公報・文藝副刊》第三二五期

國家圖書館出版品預行編目資料

林徽因短篇小說集 / 林徽因著
——初版——臺中市：好讀，2023.12
面；　　公分——（典藏經典；149）

ISBN 978-986-178-692-6（平裝）

857.63　　112017483

好讀出版
典藏經典 149
林徽因短篇小說集

填寫線上讀者回函
請 掃 描 QRCODE

作　　者／林徽因
總 編 輯／鄧茵茵
文字編輯／簡綺淇
美術編輯／王廷芬、廖勁智（目錄頁）

發行所／好讀出版有限公司
407 台中市西屯區工業區 30 路 1 號
407 台中市西屯區大有街 13 號（編輯部）
TEL:04-23157795　FAX:04-23144188　http://howdo.morningstar.com.tw
（如對本書編輯或內容有意見，請來電或上網告訴我們）
法律顧問／陳思成律師

總經銷／知己圖書股份有限公司
106 台北市大安區辛亥路一段 30 號 9 樓
TEL：02-23672044　02-23672047　FAX：02-23635741
407 台中市西屯區工業 30 路 1 號
TEL：04-23595819 FAX：04-23595493

電子信箱／ service@morningstar.com.tw
網路書店／ http://www.morningstar.com.tw
讀者專線／ 04-23595819 # 212
郵政劃撥／ 15060393（戶名：知己圖書股份有限公司）

印刷／上好印刷股份有限公司
初版／西元 2023 年 12 月 15 日
定價／ 230 元
如有破損或裝訂錯誤，請寄回 407 台中市西屯區工業區 30 路 1 號更換（好讀倉儲部收）

Published by How Do Publishing Co., Ltd.
2023 Printed in Taiwan

ISBN 978-986-178-692-6